U0087297

YOUNG AGE小說鮮視界！
YA!
青春滿點！活力滿載！好看滿分！

板橋雅弘◎著　玉越博幸◎圖

窩囊廢
不要説再見
ウラナリ、さよなら

窩囊廢的世界裡，有這些人……

黑木家：隼的父母離婚後，現在家裡成員只有隼的親生父親和隼兩個人。隼的爸爸很開明，父子相依為命感情很好，一起做家事、一起談心。可是，爸爸最近有了約會的對象，那個人居然就是指導手球社的瀨戶老師！隼能夠接受嗎？

那須家：隼的親生母親再婚之後的家。目前只有隼的媽媽和那須先生兩個人，那須先生就是咲良的親生父親。

藤森家：咲良的親媽媽和那須先生離婚以後，嫁給了藤森先生。咲良媽媽帶著咲良、藤森先生帶著比咲良年紀小的兒子銀河，共同生活的地方就是位在長野的藤森家。前陣子藤森家多了一個新成員，就是藤森先生和咲良媽媽的結晶女寶寶小響；咲良已到東京就學，所以家中目前住了四個人。

隼的學校：隼有兩個死黨，和咲良一樣有點暴力傾向的出雲，

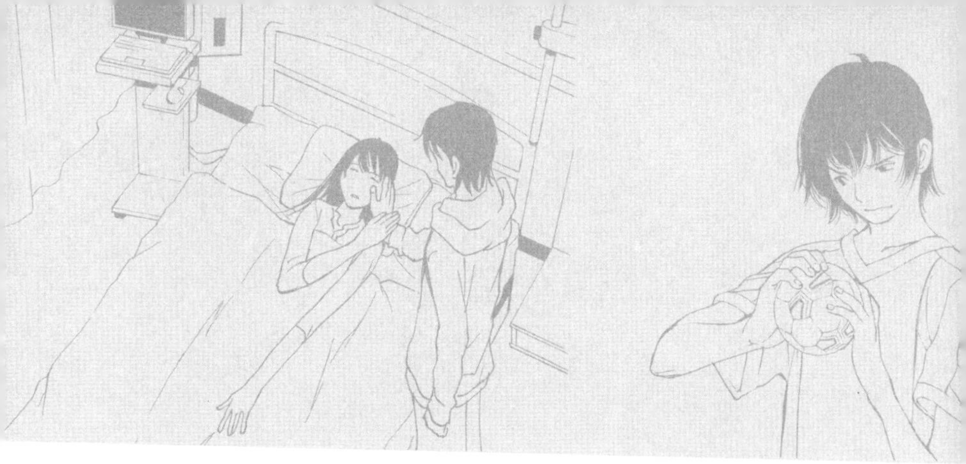

以及頭腦很好、擔任手球社社長的朝風。隼的任何事情都瞞不過兩人的眼睛，雖然平時一直吐嘈隼，但必要的時候兩個好友還是很挺他的。三個人一起直升高中部，一起繼續打高中手球。

還有手球社的指導老師瀨戶老師，擁有D罩杯的火辣身材，大剌剌的個性，以及領導學生的氣度，很有男子氣概。和隼的爸爸交往中。

咲良的學校：看榜單的時候，一個叫做富士的男生向咲良搭訕。後來富士和咲良都考上了這所學校，對隼來說，富士的地位從輕浮的搭訕男晉升為近水樓台的情敵，不過在隼贏了和富士打賭的手球比賽之後，富士願賭服輸，隼的情勢大為看好！

咲良的宿舍：到東京之後，咲良出現了嚴重的水土不服，還遇到了很多莫名其妙的鳥事，幸好有好鄰居小光幫忙。小光是宿舍樓下餐廳的工讀生，個性開朗又溫暖，不但很照顧咲良，而且似乎還有很多厲害的朋友，遇到問題都能迎刃而解。

目錄

0. 希望你看完再回頭讀一次的前言

駐足山丘，一陣冷冽的風撫過臉頰，就像在提醒我春天還沒那麼快來。儘管如此，向南的那一頭太陽也已高高升起，灑落一地耀眼的光芒。站在幾近透明的晴空下，我眺望著不遠處還覆著白雪的八岳山群。

這裡，真是個適合靜靜休息的好地方。

遲疑了一會兒，我還是就近找塊石頭坐了下來。

強烈的陽光讓我不禁瞇起雙眼，我順勢閉上了眼。然而，閉上眼後卻還感受到一片紅光，於是我將雙眼閉得更緊。待眼前不再出現光亮，我才緩緩地張開雙眼。

也不知道是在哪個時候，咲良已來到我身旁。我正視著前方，嘴裡喃喃地說：

『不曉得蓼科湖那邊是不是已經可以搭船了？』

『蓼科湖啊，湖面上的冰應該都融了吧！不過，我想在黃金週連假前都不會開放租船的。』

咲良的聲音在我心底迴盪著。

『那女神湖呢？』
『更不可能，女神湖的海拔比那裡更高。』
『是喔，真可惜。我還想和咲良一起去搭船呢！』
『少來！你划船的技術我可是領教過了。難道說你偷練過啊？』
『那倒是沒有。妳沒提我還真沒想過耶！』
回想起那一天……當時我和咲良都還不是高中生。
『那是前年秋天的事了吧！』
『嗯，是啊！我陪妳去聽完高中的說明會之後。』
『那時候的隼真的是個……』
在咲良開口前，我搶先一步接話：
『是個窩囊廢。』
『你承認啦！』
『我只是實話實說啦！雖然心情不太爽，但卻無法否認。現在的我也還是個窩囊廢，只不過……妳看！』
我透過制服外的薄外套抓住自己的手臂，秀出我的二頭肌說：
『我現在可是有肌肉的喲！所以划船絕對沒問題的。』

『是嗎？划船靠的又不是力氣，是右手和左手力道的平衡感。隼在手球社專攻射門，鍛鍊到的只有右手而已。』

『我敢保證一定沒問題。』

『是你說的喔！到時候可別又變成是我划，如果真的變成那樣……』

咲良的聲音突然變得微弱。

『算了，當我沒說。』

我也假裝什麼都沒聽見，趕緊轉移話題。

『對了，我老爸和瀨戶老師說不定真的會結婚。』

『是喔～這樣啊！』

『最近他們約會的次數越來越多，有時候我老爸很晚才回家。』

『那你不就常孤單一個人？很寂寞吧！』

『我已經不是小孩子了。』

『少裝了。』

『真的啦！不過，我越來越能體會咲良的心情了。父母相繼再婚，的確會讓人重新思考自己的存在。但我老爸說在我高中畢業之前，他都不會考慮再婚的事。』

『那也快了嘛！』

『是啊！所以我在想，要學咲良妳一樣。』

『學我？』

『妳為了離開母親的身邊，選擇到東京唸高中，不是嗎？』

『結果到頭來，還不是得再回到這裡。』

咲良那略帶玩笑意味的口吻，聽在我耳裡卻有股說不出的傷感。人生果然無法盡如人意，而且又事事難料。我們都獨自划著船在這人生的大海上，有時候原以為風平浪靜，下一秒卻突然被大浪吞噬。這個道理我也明白，但卻不清楚明白這件事，對我來說究竟是好是壞。

所以，我只好默默地划下去。然而，要想划得平穩，就必須掌握力道與技術。

『我打算去考外縣市的國立大學。』

『真令人意外。』

『是嗎？』

『因為你連自己住的東京都不太熟了，就連去橫濱那麼近的地方也得花好一番工夫，現在你卻說想考外縣市的大學？』

『是沒錯啦！我現在就連要去其他學校參加手球比賽，都常擔心會迷路呢！』

『那你怎麼會有這樣的念頭？』

『如果老爸和瀨戶老師真的結婚了，我不想和他們同住一個屋簷下。』
『哈！隼的爸爸應該會故意在你面前打情罵俏。』
我想也是。但我笑不出來，只好噘起嘴表示不滿。咲良的毒舌功力依舊絲毫未減。
不過也因為這樣，讓我稍稍放寬了心，噘起的嘴又收了回來。
『反正，既然打算離開父母獨自生活，去外縣市看看也不錯啊！』
『那你想去哪裡？』
『不必太辛苦就能考上的大學都ＯＫ。』
『你這想法真是要不得。』
『嗯～那京都好了。在歷史古都度過大學生活，聽起來既優雅又很有意義。而且聽我老爸說，京都的美食很多。』
『你也未免太高估自己了吧？以你的成績來看，就算重考三次也考不上的。』
『妳這話說得也有道理。』
我是真的挺想到京都生活看看。不過，還有一個地方我更想去。
『長野縣也有國立大學吧？』
『有啊！在松本市。』
『離這裡會不會很遠啊？』

『大概一小時左右可以到。』

『那如果我拚一點，應該可以考得上吧？』

正當我準備轉頭看咲良時，有股力量阻擋著我，我只好慢慢將視線挪回前方。

『天知道……』

咲良的語氣有些含糊不清。

『果然還是沒辦法啊？』

『我不是那個意思。我是在想，隼如果到這兒住真的好嗎？……』

『這樣我們就可以常見面啦！』

『就是因為這樣我才……』

說到一半，咲良變得沉默。我望著環繞八岳山群的雲影。白雲緩緩地在陡峭的山坡流動，山色一會兒暗，一會兒亮。咲良仍舊不發一語，只是靜靜地待在我身旁。就算不看，我也知道她一直都在。

我一邊等待，一邊讓石頭散發出來的冰冷滲透身體。

『隼，你確定這樣真的好嗎？』

咲良總算出聲了。陽光照耀下，她的聲音卻彷彿帶著些許濕氣及疑慮。

『嗯，我確定。』

簡短的回答中透露出我的堅定。

但咲良還是很猶豫。

『你的心意我很感動，但我希望你不要勉強自己。你只要繼續前進就好。要不然……』

『要不然？』

『你就永遠都是個窩囊廢。』

我就知道又是這句。不過聽到咲良的回答，更加穩固了我的決心。

『反正我永遠都是窩囊廢啦！就算我將來變成很了不起、白髮蒼蒼的老伯，在妳面前，我永遠都是窩囊廢。』

『這樣你也沒關係？』

『嗯，沒關係。』

耳邊傳來咲良的笑聲，輕輕柔柔的，就像鳥兒的啼聲。

『你要是真的那麼想當窩囊廢，那就來吧！』

我輕閉雙眼，點了點頭。不這麼做，我怕眼淚就要奪眶而出。

『順便告訴妳我的願望吧！』

『不就是考外縣市的國立大學嗎？』

『不，還有比這更大、更驚人的願望。』

『參加高中校際手球比賽得到冠軍？』

『那與其說是我的願望，倒不如說是朝風同學或瀨戶老師的願望吧！況且，我只要能上場就要偷笑了，還提什麼冠軍哩！』

『那到底是什麼？其實我不會很想知道啦！不過如果你要說，我倒是願意聽聽。少在那裡神秘兮兮的，快點說吧！』

我張開眼，八岳山群的景色清楚地立在眼前。我沒事了，眼淚已經乾了。

『聽好囉！總有一天，我要帶著可愛的女朋友來和咲良見面。』

瞬間，一切靜止了下來。是短暫、也是永遠的這一瞬間，我下定決心和咲良徹底告別。今後的每一瞬間，我們將離彼此越來越遠。

『哈哈哈哈哈！』

耳邊響起一陣笑聲。咲良笑了，她正用盡全力笑著，整個八岳山群似乎都能聽到她的笑聲。不知如何反應的我，只好默默地聽著她笑。

不過，我本來就打算逗她笑。所以，咲良妳就笑吧！但我這番話也不全然是開玩笑，所以妳可以不要笑得那麼誇張嗎？這世上還有很多比咲良更棒的女生。當然，那樣的女生願意和我交往的可能性相對地也很低，不過……

正當我準備開口時，笑聲卻停了。
『我很期待那一天的來臨。』
咲良的語氣溫柔而真誠，沒有半點嘲諷或說笑的感覺。這一刻我好想抱住她——但我不能。
我高舉起手伸伸懶腰，克制想擁抱咲良的衝動。
『你差不多該走了。』
我看了看手錶。這是咲良送我的禮物，她也有一支同款的錶。只不過，現在只剩下我的手錶還在持續走動。
『已經這麼晚啦！』
被咲良一提醒，我趕緊從石頭上站起來。就這麼離開實在有點捨不得，但我也沒打算繼續待在這，矛盾的心情讓我亂了手腳。
『再不去，你就要遲到囉！』
咲良出聲催促著我。
『可是……』
『厚～你這個窩囊廢！』
唰地一聲，一陣風掠過我的大腿。我知道咲良生氣了。我摸摸大腿，對她說：

『好痛！知道啦，我走就是了。』

其實咲良根本沒踢到我。痛的是我的心——咲良踢中了我的心。

我舉起右手向她示意。

『替我向大家問好。』

『我改天再來。』

和咲良分開後，我前往那個目的地——四十九天後要辦法事的那間廟宇。

1. 在醫院發飆的高中女生

『叫我來做檢查的也是他們，為什麼做完了還得再做一次確認的檢查?!』

咲良非常火大地從看診室走了出來。外頭等著看診的病患全都抬起頭，朝這裡看了過來。

『你說，這到底是什麼意思?!』

咲良一副咄咄逼人的模樣向我逼問，彷彿一切全是我的責任。我察覺到周遭的視線，壓低聲音試圖安撫咲良的情緒，但完全沒用，她根本不理會我。

『咲良，妳冷靜一點。』

我急忙拉著她往走廊沒人的另一邊走去，她卻生氣地甩開我的手。

『假如我現在還冷靜得下來，我就是極度的低血壓了！』

『妳不是貧血嗎？』

『就算這樣，血液還是在我體內不斷流動。我的血管都快爆了，現在要我捐血都沒問題。』

我壓低身子，用最小的音量回答：

『這裡是醫院，小聲一點嘛！』

『我知道是醫院，我不就是來這裡聽檢查報告的嗎？』

『這裡還有其他病患。』

『那又怎樣？誰說我一定是生病了。』

『但妳肯定不健康。』

話雖如此，眼前咲良這股來勢洶洶的模樣，哪怕是知道她昏倒過好幾次的我，也很難相信她生病了。看在其他人眼裡，可能會覺得她是個在醫院裡大吵大鬧的高中女生吧！

『小伙子，你是不是害女朋友傳染到什麼不乾淨的病啦？』

只見一位頭纏繃帶、身穿睡衣的老伯朝著我若有所指地笑著，露出一口凌亂的黃板牙，而且他的嘴很臭。

『少囉嗦！死老頭，說下流話之前先去刷刷牙吧！』

咲良火大地舉起手，我趕緊擋在老伯面前。要是她把老伯那纏滿繃帶的頭打傷了，我可不知道該怎麼辦才好。我死命地拉著咲良的手，讓她在掛號櫃檯前的沙發上坐下。

『要不要喝點什麼？』

我瞥到一旁有自動販賣機。

『我好渴喔！』

咲良不算豐滿的胸部，因為生氣的關係不停地上下起伏著。我跑到自動販賣機前買了瓶看起來很甜的易開罐紅茶。

咲良一口氣就喝光了。

『居然叫我再做一次檢查。』

咲良的語氣似乎有些無力。

『X光也照了，鋇也喝了，還抽了血、驗尿和驗便耶！』

為了怕咲良的情緒再度爆發，我立刻答腔。

『……嗯，辛苦妳了。』

『我不要再來這家醫院了。我要換一家，去做診療再諮詢（Second Opinion）。』

『好啊！不過檢查是一定要做的。』

咲良沮喪地低下頭，過了一會兒又抬起頭瞪著我：

『隼，你是不是在暗中詛咒我？』

『我哪有。』

『除了你，我想不到其他人了。』

『說不定是富士啊！』

咲良挑了挑眉，似乎想到了什麼。富士那傢伙和咲良唸同一所高中，他本來就對咲良一見鍾情，加上咲良對他總是似有若無的態度，讓他對咲良更是著迷。沒想到，他卻把我當成情敵，還擅自和我比了場以咲良為賭注的手球賽，結果他輸了。

『應該不會是他，我和富士現在還是朋友。』

『先別管富士了，也許這根本就不是詛咒。』

『不然是什麼？你說來聽聽。』

『這個呢，就是現代醫院醫療體系上的一個問題。』

『你以為你是評論家啊！』

咲良又開始變得激動，我趕緊低下頭，說：

『抱歉抱歉。』

我費了好一番工夫，才說服咲良再次預約檢查的時間，之後便走出醫院。外頭的陽光和煦，現在正是九月。不知道為什麼，每次只要一走出醫院，我就會想要深呼吸，總覺得醫院裡那股消毒藥水味好像在掩蓋什麼，所以我才那麼不喜歡去醫院。這也難怪咲良聽到還得再做一次檢查時，會那麼火大了。

這家位於橫濱市郊，乾淨、整潔的住宅區內的醫院，也是老媽流產時住的醫院。我的親生母親和咲良的親生父親那須先生再婚並有了小寶寶，要是沒有流產，他就成了我和咲良有間接血緣關係或共通DNA的弟弟或妹妹了。
然而，我和咲良卻都不希望小寶寶出生。也許，是害怕小寶寶出生會威脅到自己的存在吧！
但聽到老媽流產的消息，讓我對自己的自私感到懊悔不已。我想，咲良應該也是如此。當我們匆匆趕到醫院時已經太遲了。我不知道該說些什麼來安慰老媽，『對不起』三個字一直哽在嘴裡，說不出口。我甚至在想，雖然我沒有意思要詛咒咲良，但說不定我已經在無意中詛咒了小寶寶，才害他沒辦法來到這個世界上。
那一刻，我第一次同時接觸到生與死。
所以就算咲良再不情願，我也要讓她接受檢查。或許她覺得只不過是貧血而已，何必大驚小怪。我也希望就只是貧血而已。
『原因不明？這是什麼爛理由！』
走出醫院，原本走在我身旁的咲良突然停下腳步。也許是呼吸到新鮮的空氣，她的語氣又變得激動起來。
『就是不清楚妳為什麼貧血，所以才要妳再做一次檢查嘛！』
『都做了那麼多檢查了，怎麼還會弄不清楚？』
我歪著頭思考。這該怎麼回答才好咧？但要是一直悶不吭聲，咲良肯定又要踢我了。

『也許醫院這麼做，只是為了想把原因再調查得明確一點。』

『為了貧血還要我驗便。』

聽到咲良的回答，我忍不住笑了出來。

『你在想像，對吧？』

糟了！說時遲那時快，只見咲良右腳一踢，我的大腿立刻傳來一陣疼痛。她踢得比平常還要用力。

我可以理解她的心情。雖然現在的她一副火氣很大的模樣，但我知道她其實感到非常不安，就像腳底有個無底洞隨時都會讓她栽進去。

不久前，我也為了背痛的事煩惱了很久，找不到說服自己去醫院的理由，也想不出究竟是什麼原因，每天都在不安中度過。還好，最後診斷的結果是『成長痛』，簡單地說，是因為脊椎骨跟不上長高的速度而引發了疼痛。非但不是病，還代表著我發育得很快。知道背痛的原因就能把它當成笑話看，但一直沒弄清楚的話，可就沒辦法笑一笑就忘記了。

咲良得再做檢查，就算心裡再不安也得做，否則我怕她連踢我的力氣都沒了。

不過，事情可能真的沒我想得那麼嚴重，要不然，醫院早就會要咲良辦住院或立刻聯絡家屬。也許她的貧血和我的背痛一樣，到頭來只是個不怎麼樣的原因。

『我肚子餓了，要不要去吃點東西？』
看見路邊顯眼的速食店招牌，我隨口問了問咲良。
『再忍一忍，免得等會兒吃不下。』
『我的食量很大。』
『那就隨便你，我不想吃。』
咲良加快腳步往前走。看來她真的很不安，連食慾都沒了，但我卻還白目地說：
『不好好補充營養，小心又貧血囉！』
真是蠢到不行了我。咲良完全不理我，頭也不回地快速走過速食店。唉～算了，我摸摸餓扁的肚皮，連忙追了上去，搞不好等會兒昏倒的人是我。
我們就這樣一路走向那須先生和老媽住的高級公寓，今天我們約好了四個人一起吃飯。老媽他們住的大廈，和我跟老爸住的老舊小公寓果然就是不同。當那棟大樓出現在眼前時，咲良用命令的口氣對我說：
『你可別說我做檢查的事喔！』
咲良做檢查的事，那須先生和老媽都不知道。
『好。』
既然是命令，只是一介小兵的我當然只能服從，更何況對方還是元帥、將軍等級的咲良。而且，今天我們造訪的主要目的是為了安慰失去小寶寶的那須先生和老媽。他們倆現在肯定還很難過，沒必要再讓他們擔無謂的心。

『我會再去做檢查，可是在結果出來前，絕對不要跟任何人說。』

『包括我老爸？』

老爸不但很了解咲良，也是她在東京的保證人。

『嗯，就連他也不能說。』

前往公寓的路上，咲良變得很沉默。我想她一定是下了很大的決心，因為她怕一個不小心，就會被住在長野縣茅野市的媽媽和家人逼著離開東京。

此刻的咲良臉色有些鐵青，我想她並不是貧血，而是在擔心貧血將會引發的後續問題。

2. 成熟少女與青澀少年

『怎麼好像變瘦了？』

那須先生一開口便這麼說，不過並不是針對我，而是對咲良說。

聽到他這麼說，我不禁全身僵硬，不知該如何反應。幸好我們還沒進到屋裡，否則應該正在脫鞋的我肯定會動彈不得。父母果然是父母，就算沒有一起生活，還是觀察出孩子的改變。

反觀咲良，卻是一副若無其事的模樣。

『我正在發育，要從女孩變成女人啦！』

『呃？也對……妳說得對。』

『所以體型改變是很正常的嘛，胸部也會慢慢變大啊！』

咲良的回答讓身為親生父親的那須先生頓時語塞，大吃一驚。真不愧是咲良，三兩下就轉移了話題。那須先生愣在原地不知該說什麼，一旁的老媽則是愉快地笑著。

後來，那須先生和老媽為了帶我們參觀屋內，早一步進入客廳。就在這時候，咲良瞪了我一眼，看來她也沒忘記要找機會修理我。

看到她沉著的反應令我有些不爽，我假裝什麼都沒看到，結果小腿被她踢了一腳。

突如其來的這一踢讓我差點跌倒，我趕緊用手撐住牆壁。

『隼，你在幹嘛？來老媽家沒必要那麼緊張吧！』

老媽回過頭看著我，語氣中帶著驚訝。

咲良壓低聲音偷偷笑著。真是的，搞得我像笨蛋一樣。

進了客廳，我和咲良並肩在沙發坐下。那須先生坐在我們對面，老媽走進了廚房。

這是我第一次進到這棟大樓裡頭。原來這就是老媽再婚後和那須先生，以及原本要出生的小寶寶一起生活的地方啊！

之前我就來過這棟大樓，只是從沒進來過。嗯，正確來說，應該是被騙來過，被咲良騙來了這裡。

那是我國三的暑假。那天，咲良要我陪她去參觀報考的高中，沒想到最後卻是來到這裡。後來她還要我把老媽找出來，好讓她與那須先生單獨見面。

想想好像是一百年前的事了。當然，時間並沒有過那麼久啦！看看這棟大樓的外觀還那麼新就知道了。

當時咲良也沒對我說實話，她沒告訴我要和那須先生見面，只命令我把老媽找到外

頭打發時間。今天也是如此。看來我和咲良的不平等關係，就算過了再久也不會改變。不過，也許會有改變也說不定。

之前老媽也對我下過封口令，關於她懷孕的事，要我對咲良保密。老媽的想法是正確的，我也認為這件事不該讓我這個第三者來說，應該由咲良的親生父親那須先生說才對。但咲良也不是省油的燈，她很快就發現我瞞著她這件事，還對我大發了一頓脾氣。

印象中，我的人生總是被別人牽著鼻子走。

『隼，你在發什麼呆啊？』

老媽端著咖啡從廚房走來，盯著我的臉猛瞧。我這才回過神來。

『沒有啦！這房子真棒。』

我實在說不出口在想什麼，只好隨便搪塞幾句。

『是啊！比起你們父子倆住的地方是乾淨很多。』

我和老爸住的小公寓並不髒，只是亂了點，因為那不光是我們父子倆生活的地方，也等於是老爸的工作場所，所以家裡總是散亂著許多書和資料。

『我倒覺得亂中有序，讓人感覺很舒服。』

出聲的是咲良，簡潔、有力又客觀的意見。我想她會這麼說是為了聲援老爸，也是想給老媽及那須先生一點難堪。

『真有那麼好啊？』

『是啊！是很不錯。』

咲良和老媽微笑以對。這一幕看起來真像是午間連續劇裡愛上同一個男人的情敵，或是媳婦與婆婆間的戰爭，讓我不禁捏了把冷汗。此刻的咲良感覺的確不再是少女，但我卻不曉得怎麼做才算是成熟男子的反應。

『從陽台往外看，景色也很棒喔！』

已是成熟男性的那須先生這麼說道，想必他也對眼前的情況感到不知所措。

『看得到富士山嗎？』

『沒辦法耶！因為方向不對。』

『喔～』我含糊地點點頭，停止往窗外看的動作，轉而環顧整個屋內。雖然不像家具賣場展示的那樣華麗，但該有的都有，絲毫沒浪費到一點空間。天花板吊著一盞設計簡約的水晶吊燈，牆上掛著簡單的畫作，地板上鋪著柔軟的毛毯，就連咖啡杯也是優雅的素面青瓷器。

儘管如此，我還是覺得少了些什麼，就像吃飯店的歐風咖哩，總覺得要加點醬油才夠味。

『隼想不想住在這裡？』

老媽盯著我丟出這麼一句話。如果是咲良一定會馬上拒絕，但在這種時候，我想就算回絕也要說得委婉些。這就是身為日本人的慣性，雖然咲良也是日本人。

『可是這裡離學校很遠。』

情急之下，我竟然扯了個很爛的藉口。

『不過，我們這附近也有和隼同校的孩子耶！』

『我還得參加社團。』

唉！居然連社團都搬出來講了。要是老媽再追問下去，我大概只能說還得準備大學聯考了吧！

『算了，我知道你捨不得離開你老爸。』

當我心裡還在盤算下一步該怎麼回話的時候，老媽已經自己下了結論。

『最近隼好像開始進入叛逆期了，和伯父的關係也不像以前那麼好，大概是發生了一些事吧！』

咲良明知道我和老爸因為瀨戶老師的事曾經鬧得很僵，卻還故意拿出來說。不過，還好她沒說是為了什麼事。

『是嗎？那正好，隼要不要考慮看看？』

老媽的聲音一下子由低變高。

『考慮什麼？』

『和媽媽一起住啊！』

『這、這太突然了吧！』

『我也是剛剛才想到的。』

老媽話一說完，順勢將手擺在那須先生的膝上。

『你說好不好？當初咲良決定到東京的時候，我們原本打算接她過來一起住，但被她拒絕了。』

『所以說，這次不知道隼願不願意搬來和我們一起住。』

那須先生面有難色地看著我。聽到這麼突然的提議，咲良似乎也有點驚訝，頓時不知道該說什麼才好。

『為什麼希望我搬過來？』

現在我也只能先這樣接話了。

『因為很寂寞。』

老媽的回答簡單明瞭，但語氣聽起來一點都不難過，還很有力。也許老媽也察覺到自己的語氣不太妥，立刻將語調轉低，重新又說了一遍：『因為很寂寞。』

不過，這次反而顯得太刻意。我看只要再加上一點動作，她就可以去演戲了。

我呆呆地看著老媽的臉，意外發現她臉上有些異狀——她的雙眼含著眼淚。咲良和那須先生也注意到了，氣氛馬上變得凝重。

老媽快速用指尖拭去淚水。

『我知道你一定覺得這屋子很冷冰冰的，沒辦法，因為我們兩個都在工作，而且又沒有孩子陪在身邊，回到這裡也只是睡覺罷了。如果有孩子，怎麼可能維持得那麼乾淨？我也不想這樣，但孩子就是沒了。』

那須先生把手放在老媽的肩上安慰她。

『謝謝你們今天來看我們，我真的很高興。只不過，看到你們，我就會想起這裡真的少了什麼。』

真糟糕，這下該怎麼辦才好？這就像是看到不想看的連續劇，卻找不到搖控器轉台一樣。但我又不能就這樣起身離開。

『我知道向隼提出這個要求太突然了。』

『嗯，太突然了。』

那須先生溫柔地拍了拍老媽的肩膀。

想不到咲良卻立刻站了起來，說：

『就算這樣，我也不會搬離現在的宿舍到這裡和你們一起生活。』

啊！原來如此。

咲良壓抑著怒氣堅決地回答。我這才明白究竟是怎麼一回事。

『被妳發現啦！』

老媽露出不好意思的笑容。一旁的那須先生來不及反應，老媽只好趕緊接著圓場。

『不過，我們會一直等到妳改變心意。』

老媽直盯著咲良瞧，沒想到咲良卻一反往常地避開老媽的視線。或許她有感覺到老媽並不是嘴上說說而已。總之，老媽雖然說服我搬來一起住，其實真正的目標是咲良。

後來，我和那須先生拚了命地打破這尷尬的氣氛。

到了吃飯的時間，我們坐著那須先生的車到中華街用餐。我專心地埋頭猛吃。每道菜都相當美味，想必都下了不少的工夫，讓我打消了想學的念頭。但咲良卻沒怎麼動筷子。我想她大概還在不高興，就把她的那份也都塞進肚子裡，發育期的我正需要補充營養。

離開餐廳的路上，老媽偷偷在我耳邊說：

『要是有什麼事，一定要告訴我喔！』

起初我還以為她是在說我和老爸處不好的事，後來仔細想想，老媽應該是在說咲良的事。

3. 守護神缺席

那天之後，我還是一如往常過著我的高中生活。

手球成了我生活的重心。

曾經有一段時間，我在社團裡被大家排擠。在跟出雲講和後，和大家的關係才又重新恢復。就連當初因為不同的理由和我保持距離的一年級隊長朝風同學，也和我打開心結，再度交好。現在的我再度恢復手球社社員的身分，上場比賽也都是站在Post的位置。

這個星期天，我們要到咲良的學校進行練習賽。這是同屬手球社、對咲良抱有好感且擅自將我當成情敵的富士發出的邀約。在體育館進行練習賽，條件是只限一年級的社員參賽。

這邀約實在很難拒絕。這可是能夠使用體育館的大好機會！因為手球一向被歸類為非主流運動，因此體育館都被籃球社或排球社等主流運動的社團佔去了，害我們連角落也進不去。而且明明就是室內運動，卻因為和足球很像，所以大家都認為在室外練習就夠了，處境比乒乓球或羽毛球這類的半非主流運動還糟。

說到高中棒球的聖地就會想到甲子園，足球則是國立競技場。但對我們這群渺小的手球社成員來說，只要是體育館，管它在哪兒都是聖地。如果可以，真想把體育館的地板拆掉帶走。更何況，富士他們學校的體育館還是設備完善、有空調呢！能進到那裡比賽就像參加奧運一樣難得，像參觀金閣寺一樣令人目眩神迷。

看來，富士好像打算用這場比賽來雪恥。之前他自作主張利用與我之間的個人恩怨進行過一次比賽，經過一番廝殺，富士栽了大跟頭。他答應我不再糾纏咲良，卻似乎沒忘記輸球的悔恨。

既然如此，我就接受他的復仇。而我們社團的一年級成員也都沉浸在又可以到體育館比賽的喜悅中。

『朝風到哪兒去了？』

大夥兒換好制服正在做柔軟操的時候，卻聽見瀨戶老師這麼問。其實我也正在納悶，比起路癡又沒有時間觀念、常遲到的我，個性有條理的朝風同學總是會比大家早到學校或集合地點。

『我打電話給他看看。』

看來，出雲也注意到了。他立刻起身跑向放包包的地方。我一邊注視著他，一邊敷衍地做著柔軟操。過了一會兒，出雲帶著疑惑的表情走回來。

『他的手機關機了，打去他家也沒人接。』

『這樣啊～』

瀨戶老師簡短地回應，抬頭看了看體育館的時鐘，接著富士出現了。

『請問可以準備比賽了嗎？』

『嗯，當然可以。』

事到如今，總不能要對方等朝風同學到了才開始比賽。

富士離開前朝我靠了過來，說：

『我今天絕對不會輸。』

信心滿滿的他，把鼻孔都撐大了。唉！應付像他這種太過熱血的人，只會讓我在比賽前浪費體力，於是我沒做太大的反應。

『今天我們可是沒有任何賭注喔！』

富士『嗯』了一聲後，又接著說：『我賭上我一輩子的自尊。』

真是個熱血少年，我聽了都忍不住尷尬起來。

『在那之前，你就會輸得貼在地上。』

出雲從一旁走來，丟出這句話。又來個熱血少年。這麼看來，比起反應冷淡的我，這兩個動不動就熱血沸騰的人才應該是對手。

富士有些不爽地低頭看著出雲。雖然富士的身高沒我高，但站在小個頭的出雲面前還是算高。

『我看，輸得貼在地上的應該是你吧！雖然你已經離地面很近了。』

只要提到身高的事，出雲就會變得很激動。

『你說什麼?!』

這時候要是朝風同學在，一定馬上就能解決。或許他已經來了。我連忙環顧四周，卻看不到朝風同學的身影。

沒辦法，只好由我出馬了。

『你們兩個別吵了。』

我就像是小學低年級的班長一樣，用略顯僵硬的語氣說出這句話。

聽到我這麼說，他們果然安靜下來，頓時氣氛凝結，但很快又恢復了。

『我說隼啊，你……』

『真是個窩囊廢。』

前半句是出雲說的，後半句是富士說的，兩句加起來正好是咲良的口頭禪。聽起來真讓人不爽，但我還是先忍住了。

富士一臉不爽地走回他們那隊，出雲則是抿嘴苦笑著。勸架真是一門學問，有像朝風同學那樣受人尊重的，也有像我這樣被人輕視的，人類的意識構造真複雜。活著真不容易，痛苦的事還多著呢！

『隼！』

瀨戶老師叫了我的名字。回頭一看，她正脫下身上的運動服遞給我。雖然我不清楚這是什麼用意，但還是接了過來。

『今天的守門員你來當。』

『什麼？』

瀨戶老師突如其來地丟出這句話，讓我的腦子一片空白。後來聽清楚老師的意思，卻覺得自己緊張得頭髮都要白了。

『我沒辦法啦！』

我想都沒想就回絕了。

『不然你說要找誰？朝風現在又不在。』

其他社員紛紛靠了過來。代替守門員的人，除了我應該還有更合適的人選，只不過，大家看起來都好像可以又好像不行。畢竟朝風同學可是我們一年級裡的『無敵守護神』，誰也無法取代他的地位。

『要是隼去當守門員，我們的攻擊力就會變弱。』

想不到為我說話的竟然是出雲。這或許是他表現的大好機會，但為了團隊的勝利，他還是客觀地表達了意見。看來他也在不知不覺間成長了不少，比起身高，心智方面變得更成熟了。

『只要你幫忙好好判斷就沒問題了。』

『我是45又不是指揮官。』

『一年級的隊伍本來就不像其他隊一樣，由中鋒或Post來發號施令。朝風也都是一邊守住球門、一邊下指令的，不是嗎？球門交給隼來防守，指令由出雲來下。你可以吧？』

聽到瀨戶老師這麼問，不服輸的出雲也立刻回答：

『我可以。』

『好，就這麼決定！』

由於第二學期增加了不少社員，所以就算少了朝風同學，比賽還是不成問題。

瀨戶老師迅速地決定好每個人負責的位置。

『隼，你還在發什麼呆？快點穿上。對了，還有褲子。』

瀨戶老師接著脫下運動長褲，出雲馬上目不轉睛地盯著看。這傢伙真是死性不改。

如果是平常的我一定會笑出來，但今天我可沒那種閒情逸致。

手球比賽中，為了區分與其他選手的差別，守門員會穿上另一套制服。由於守門員

必須用到整個身體來防守球門，所以一般都是穿長袖運動服加上長褲。

我趕緊套上運動服，並穿上瀨戶老師後來脫下的長褲。衣服上還留有她的體溫，有股暖暖的感覺。出雲此刻說不定反而羨慕起我被指派當守門員。但我的心情就沒那麼輕鬆了，畢竟對我來說，瀨戶老師不單單是社團的顧問，將來也很有可能會變成我的繼母。

長褲有點短，正好卡在小腿的位置。上衣的長度也不太夠，距離手腕大概還差了約十公分。守門員必須有魄力才能壓得住射門的人，然而我這身打扮似乎只有扣分的效果。

但大家都沒笑，只對我報以同情的眼光。

我拖著沉重的步伐走向場內。難得有機會可以進體育館比賽，我的心卻像顆洩了氣的球，一點都開心不起來。看來等會要輸得貼在地上的不是出雲，而是我。但並不是因為富士的關係，而是朝風同學。

話說回來，朝風同學到底是怎麼了？

唉！與其擔心別人，不如多擔心自己吧！雖然隊上的夥伴們都沒笑我，但富士他們隊上的人倒是都一副冷眼嘲笑的模樣。尤其是富士，他還特地跑到我面前，指著我說：

『喂，你是稻草人啊！』

說得好，給你鼓鼓掌——周圍似乎傳來這樣的聲音。好吧！既然你說我是稻草人，那我就做個稱職的稻草人吧！

『朝風怎麼沒來？』

『……』

『你放心，我不會放水，你自己小心點，不要受傷啊！』

『……』

雖然明知稻草人不會說話，我還是忍不住點了點頭。不過，馬上又搖搖頭。隼，振作點！別那麼軟弱。你要像稻草人一樣守著田地，好好地守住球門。別讓富士他們這群討厭的烏鴉有機可乘。

比賽開始了。

富士他們那隊搶到球了，全速進攻。對方拿著球快速衝破人牆，朝著球門、朝著我前進。

我連忙擺好架勢，硬是張開因為緊張而僵硬的雙手，雙腳卻不聽使喚地定在原地。

我，變成了稻草人。

好可怕。

球飛了過來，富士一把抓住球。

『隼！』

瀨戶老師大叫出聲。

眼看著富士已經做好射門的準備了，我的腳卻還是動彈不得。

這樣下去肯定擋不了對方的球。

頓時，場內變成我和富士一對一。

球來了！

只見富士將手中的球丟出。我來不及反應，球已經朝我飛來，我無處可逃。

碰～好痛！打到哪兒了？好像是胸口附近。

球打到我身上後滾落到地板上。失神的我這才注意到，要趕快把球撿起來才行。

但還是晚了一步。

球已被富士撿走了。看著空盪盪的球門，富士露出不懷好意的笑容。

射門，成功。

4. 稻草人的氣魄

又痛又懊悔。

我再次體認到朝風同學的偉大。

上半場結束，我們這隊落後十分。我只擋下了兩次球，而且還不是因為我的技術好，是射門的人不小心發生了失誤。

雖然三號球只有四百五十克左右，但只要握得牢，再加上用力投出，力道也是很驚人的。

為了戰勝自己心中的恐懼感，我已經快虛脫了。

『我看，下半場換人守球門吧？』

瀨戶老師也看出來我不是當守門員的料。

我差點把『好』這個字說出口。

然而，四周卻是一片鴉雀無聲，看來大家都興趣缺缺。會這樣也很正常，在看過我為了躲球而表現出來的矬樣，以及用身體擋球卻被球K得很慘的模樣，應該沒有人會想自告奮勇擔任守門員了。如果有，那傢伙肯定是被虐待狂。

我又何嘗不是覺得很累？整整被折騰了三十分鐘。原本還以為瀨戶老師中途會換人上場，我還偷瞄了她好幾次。

『都沒有人想試試看嗎？』

看到大夥兒都那麼退縮，瀨戶老師不太高興地又問了一次。大家感受到她的怒氣，紛紛低下了頭，不敢吭聲。

氣氛真糟。再這樣下去，下半場根本不用比，我們是輸定了。偏偏在這時候，能夠改變氣氛的朝風同學又不在。也是因為他不在，才變成現在這樣的局面。

出雲抬起頭。好勝的他不容許自己如此軟弱，於是便勉強自己這麼做。

這下糟了！

『……我來就好。』

出聲的人，是我。千鈞一髮之際，我搶先說出了這句話。這當然不是我的真心話，所以我的語氣聽起來並不堅定，語尾還有些沙啞。

『你還撐得住嗎？』

出雲一臉訝異地看著我。

『嗯，應該ＯＫ。』

『隼，真的沒問題嗎？』

瀨戶老師再次向我確認，那銳利的眼神就像把孩子推下山谷的母獅子一樣。好吧！就把我推下山谷吧！

『沒問題。』

我用力點了點頭。

這是我想了又想後所下的結論。朝風同學不在，總得有人守住球門。上半場我們好歹拿了八分，其中五分都是出雲拿的，剩下的三分也是因為他正確的傳球指示。要是我和他交換，結果恐怕會更糟。就算出雲再怎麼好強，也無法同時勝任這麼多任務。或許出雲擔任守門員的能力和沒能力的我相比，好不到哪裡去。我的攻擊力也許和出雲差不多，但我生性被動，就連自己的事都常考慮了老半天還做不了決定，完全無法擔任指揮的工作。如果要我臨場反應去調動大家，簡直比要我去移動睡著的大象還困難。

『我會盡量不讓對方有射門的機會，要是你看到對方搶到球，馬上進入防守狀態。』

出雲表現出最大的體貼，只不過這要求還真有點困難。

『我會努力的。』

我摸了摸右手，好幾個地方都被富士投出的球K得好痛。身體的其他地方也出現了不適的疼痛感。

『我有帶消炎藥，你要不要擦？』

『沒關係，等比賽完再擦就好。』

我故意逞強。雖然這樣一點也不像我。

我在心裡暗下決定。

說什麼都要拿出我的氣魄！既然我沒有擔任守門員的技術，就用氣魄來嚇阻對手吧！

不知道為什麼，我突然想起了老媽的臉。

『宰了他！』

腦海中迸出了這麼一句。

每次看職業摔角看到很High的時候，坐在場邊的老媽就會這樣大喊。就是這股氣魄！我記得我也喊過一次。就像那次一樣，讓腎上腺素快速分泌就對了。

我辦得到嗎？

不，現在的我只能這麼做了。反正我體內有老媽的DNA，趁這個機會把它徹底喚醒。

『……我要宰了你。』

我壓低音量，邊說邊走向球門。

結果，還是被K得很慘，對方不斷射門成功。我實在懶得再詳細描述。

『我要宰了你。』
隨著次數增加，我的音量也變得越來越大。
富士毫不留情地朝我的臉丟出一記，沒想到球非但沒有彈開，還送給我一個驚喜。剛開始，我感覺一道溫熱的液體流至下巴，用手一擦，只見一片紅，原來我流鼻血了。鼻腔感到一陣刺痛。或許是血腥味刺激了大腦，我體內的腎上腺素飛快地升高，老媽的DNA總算醒過來了。
『我要宰了你！』
我的叫聲響遍整個體育館。
場內的選手全都回頭看著我。我直挺挺地站在原地。
臭小子，放馬過來吧！
富士也不遑多讓，朝我直奔而來。後方傳了球過來，富士接下球準備射門。
『嗚喔喔喔喔喔喔喔～』
我感到體內有股力量正在往外衝。
同時，我也擺好架勢，張開雙手，狠狠地瞪著富士。如果可以，我真想緊緊咬住他，把他丟出場外。我要靠我的氣魄擋下他的球。
富士好像嚇到了。一向自信滿滿的他，臉上閃過一絲疑惑，但他手中的球卻已經丟出。

哈哈哈，被我嚇到了吧！

富士丟出了一記威力不怎麼樣的球。

我看到了，球正朝我靠近。多虧了腎上腺素，我的動體視力變好了。

站定雙腳，擺好姿勢。球就在正前方。

力道馬馬虎虎。

球落在我胸前，我牢牢地接住它。

成功了，我接到了！此刻的我完成了守門員的任務。我不再是穿著尺寸太小的運動服呆站在球門前的稻草人了。

我用雙手輕撫著球，然後緊緊抱住它。這顆球真是可愛極了。

5. 事情大條了！

『對不起。』

我低著頭向大家道歉，但沒有半個人責怪我。

12比18。

對手是上次輸給我們的隊伍，今天卻輪到我們慘敗。雖然今天比起上次只有一個地方不同，那就是守門員換人了，但這也是造成結局大逆轉的主因。

『別在意啦！』

就連原本一定會氣到頭頂冒煙、卯起來狂罵的出雲也伸出手拍拍我的肩膀，給我安慰。

『噢！好痛。』

出雲似乎是碰到我被球K的地方，我忍不住叫了出來。

『啊！歹勢、歹勢。』

他立刻誇張地舉起手，大家看了忍不住笑出聲。一群慘敗的男孩苦中作樂地笑了起來。

一直站在一旁的瀨戶老師正好給我們來個機會教育。

『我說你們，應該更難過一點吧！今天的比賽可不能說是因為朝風沒來才輸的。雖然我也不清楚他為什麼沒來，但我想他應該是有事才會這樣。不過，你們要有心理準備，也許下次比賽又會遇到像今天這種情況。』

大家一聽，臉都綠了。我的表情也變得嚴肅。

『隼，雖然今天是你第一次以守門員的身分上場，但你表現得很好。記得把今天的經驗活用在Post上！』

『是。』

瀨戶老師的手正準備朝我的背拍下去的時候，突然停了下來，接著說：

『晚上回家好好泡個澡，哪裡痛就貼藥布。如果還是很不舒服，就去讓人家按摩。還是不行的話就去看醫生，說不定你是哪裡的骨頭裂了。』

『……是。』

骨頭裂了？聽到這句，我臉都皺了。大家都一副很想笑又強忍著笑的樣子，但對整整一個小時不斷被球狠K的我來說，還真是笑不出來。

『好，解散吧！』

瀨戶老師隨即轉身跑向富士他們那隊的顧問老師。此時富士也靠了過來。

『看來我們還是贏了。』

『嗯，反正我們也沒打賭什麼。』

『這下子就是一勝一敗囉！』

聽到富士的話，出雲也不甘示弱地說：

『那又怎樣？不然再比一次啊！』

『我看你只是想在這個體育館打球罷了。』

被說中的出雲有些不甘願地噘起嘴，接著反擊。

『難得你今天贏了，偏偏你暗戀的咲良卻沒來看比賽呢！』

『那是因為今天是星期天。』

『你沒告訴她嗎？』

這次換富士說不出話來。看來他應該找過咲良，但她還是沒來。我也覺得不太對勁，要不是有什麼重要的事，咲良應該會來才對。我之所以沒找她來看今天的比賽，那是因為她一定會覺得很麻煩。

『我看是人家放你鴿子了吧！真是可憐啊！』

『我不想跟因為守門員沒來就輸掉比賽的人說話。』

『你說什麼?!』

我趕緊介入他們當中，用我那單薄的身體擋在他們兩個中間。

『不要吵了啦！』

他們倆不約而同地瞪著我，我不自覺地聳起肩。光是這小小的動作就已產生微微的疼痛感，這讓我想起瀨戶老師剛剛說的那句『骨頭裂了』。

『很痛嗎？』

富士的話聽在我耳裡一點也不像是在關心。

『不要緊啦！』

我強打起精神。出雲也以眼神示意對我說『做得好』。

『害你受傷真是不好意思。』

『沒關係，比賽難免會這樣。』

『誰教你明明沒經驗又硬要上場，為了不讓你受太重的傷，我射門的時候已經放輕不少力道了。』

這傢伙真是讓人火大。這時出雲挺身而出，替我接話。

『不過，你最後的射門不也失敗了嗎？』

『那只是隼的運氣好，一場比賽裡總得讓他擋下一球吧！』

富士急忙出言反駁。

『是嗎？』

出雲故意不接話，朝富士露出輕蔑的微笑。這麼一來，富士更氣了。不服輸的他大概是想不出該怎麼回話，於是又重複說了一次：『對，只是運氣好。』

『……隼，你認為呢？』

出雲回頭看著我。

『我從不覺得自己的運氣好。』

我很誠實地回答。

聽到我這麼說，富士的表情就像被球K到強忍著痛一樣，變得很僵。

『隨便你們怎麼說，反正今天是我們贏了。』

『是是是，我們輸了。』

『知道就好。』

富士快速地移開視線。出雲似乎不想就此罷手，我趕緊用眼神制止他。雖然他不爽地瞪著我，卻也保持了沉默。

說完想說的話後，富士就離開了。我深深嘆了口氣。此刻的我不光是身上到處都很痛，整個人都感到很疲倦。

『累死我了。』

『其實我也累翻了。』

一解除戰鬥狀態，出雲立刻屈膝彎下身體，他整個人看起來更小隻了。

『我們今天都因為朝風同學吃了不少苦。』

『是啊！雖然我不像你耗了那麼多體力，但腦細胞倒是死了不少。』

『現在想想，朝風同學真的很厲害。』

『過去我一直都是聽朝風同學的指示在打球。』

『我也是啊！』

說完，出雲突然臉色一沉。

『他今天到底為什麼沒來啊？』

『大概真的是有什麼事吧！』

想到這，出雲馬上挺起身，說：

『我再打一次電話看看好了。』

『嗯，這樣也好。』

明明已經很累了，出雲還是快速地跑向放包包的地方。我也在後面用讓身體不會感到痛的速度跟上前去。

等我走近出雲身邊，他已經在講電話了。

『請問是朝風同學的家嗎？您好，我是出雲，我和他同一個社團。』

聽了對方的回話，出雲的臉色立刻變得鐵青，就像是貧血的人一樣，而且還有點站不穩的感覺。

『我知道了，謝謝。』

結束通話後，出雲還是把手機貼在耳邊。

『發生什麼事了？』

看他的表情，我就知道大事不妙了。他愣了一下才回過神。

『我打到他家。』

『剛剛電話裡的人是誰？』

『是朝風同學的媽媽。』

『喔，那到底是怎麼了？』

『朝風同學他……』

出雲緊握著手機，表情凝重。

6. 一步之差

我和出雲帶著忐忑不安的心一起搭上搖晃的電車。

雖然車上有空位，但我們都沒心情坐下。

看著窗外緩緩經過眼前的景色，心裡卻只希望電車可以快一點、再快一點。

雙腳就快不聽使喚地好想直接奔向第一節車廂。但這麼做也於事無補，說不定只會讓我離剪票口更遠而已。

『沒想到朝風同學會……』

『……是啊，真的很難想像。』

『唉……心裡好亂。』

『就是說啊！』

我和出雲有一搭沒一搭地進行沒有意義的對話。要是不隨便說點什麼，真怕自己會說出什麼不該說的話。

出雲把和朝風同學媽媽的通話內容轉達給瀨戶老師後，她沉默了一會兒，交代我和

出雲先去看看情況。如果大家都去，反而會給對方添麻煩，瀨戶老師又得先跟富士的學校打聲招呼才走得開，所以就先派我們過去。

『你知道那裡怎麼去嗎？』

『我知道要在哪一站下車。』

『那裡應該有派出所吧？』

『到時候找個人問就好了，要不用手機上網查也可以。』

『也對。』

『你想，他媽媽會在嗎？』

『應該在吧！』

『那爸爸呢？』

我想起很久以前朝風同學告訴過我他家的事，我想出雲可能不知道他家的狀況。

『不知道耶！今天是星期天，可是說不定他爸爸是個大忙人。』

『……又是……醫院。』

『這麼說來，之前我們也一起去過。』

當時我為了背痛的事煩惱很久，後來拜託因為左手肘疼痛上醫院的出雲，幫我介紹他去的醫院。結果醫生說那是因為我長得太快，脊椎骨被拉扯所產生的疼痛，不是生病。真相大白後，才明白那是健康的象徵，但在那之前，我每天都困在可怕的想像裡。

『可是朝風同學沒有生病。』

『卻是出車禍。』

朝風同學在前往比賽地點的途中發生了車禍，詳細情況他媽媽也還不清楚。幸虧沒有生命危險，只是腳好像受傷了。

電車到站後，我們小跑步通過剪票口，車站旁有個派出所，警察就站在那裡。我們告訴他醫院的名字後，他馬上告訴我們該怎麼去。

秋日的天空佈滿薄薄的雲，我和出雲邊快步向前，邊拭去臉上的汗。

『不知道朝風同學傷得怎麼樣？』

『嗯，到醫院就知道啦！』

『希望別太嚴重。』

『要是他短時間好不了，就得再找個守門員。』

出雲匆匆抬起頭看了我一眼，腳步卻絲毫沒有放慢。

『你是要我當的意思嗎？』

今天一整天代替朝風同學上場，我已經完全體驗到守門員的辛苦了，這一刻身上又開始感到疼痛。

『怎麼可能。』

出雲立刻搖頭，他的舉動讓我鬆了一口氣，卻也感到有些難過。果然，連出雲都覺得我沒有資格當守門員，更別說期待我以後會有什麼進步了。

『今天是因為狀況緊急才讓你上場，可是卻失敗了。我想瀨戶老師應該也是這麼想。』

『對不起，都怪我只會傻傻地站在球門前。』

『不，我想要是換成是我去守球門，結果說不定更糟。話說回來，今天沒有隼在Post，只靠我一個人射門，對方很快就識破了我們的攻勢。』

『我覺得你今天表現得很棒了。』

『棒也沒用，最後還不是輸了。』

『都是我害的。』

『對啊！誰教你不在Post。如果想贏球，我想你還是乖乖待在Post吧！』

這是出雲對我的評價。因為朝風同學的缺賽，不但讓我重新了解朝風同學的重要，也讓出雲知道我在Post的作用。出雲的話真的讓我很高興，想不到一向不服輸又愛出風頭的他會對我說出這種話，讓我覺得備受肯定，身體的疼痛也變得有價值了。

『急診』兩個字映入眼簾，我們已經到醫院了。

出雲立刻吸了一口氣，然後慢慢吐出。

『還好我們是比賽完才知道朝風同學受傷的事。』

『為什麼？』

『要是比賽前就知道，大家就會提不起勁，最後分數的差距一定會更大。這樣反而會讓那個討人厭的富士變得更囂張。』

『沒錯。』

聽了出雲的分析，我大大地點頭表示同意，同時也對他感到佩服。這傢伙雖然個性急躁，卻也是個懂得冷靜判斷的人。

問了醫院的櫃檯，護士馬上告訴我們朝風同學的病房。此時我才恍然發現，我們連探病的禮物都沒帶就跑來了。唉！我們都還只是高一的學生，聽到這種消息根本來不及想那麼多。

『沒關係啦，反正還不知道他要住院多久嘛！』

『也是。』

現在只希望朝風同學別傷得太嚴重。我們帶著這樣的心情走進病房。

看來，老天爺似乎沒聽到我和出雲的祈禱。我們看了看對方，心中暗自反省平常好事做得不夠。

朝風同學住的是六人房，他躺在窗邊的病床上，腳上吊著石膏。

我們就像被叫到老師辦公室的學生一樣，戰戰兢兢地邊向其他病床的人點頭致意，邊往朝風同學的病床走去。一看到我們，他立刻露出和平常相同的爽朗笑容，輕輕地舉起手，然後慢慢地挺起身子。

我們趕緊收起擔心的表情，硬是擠出笑容。

朝風同學的媽媽不在。

『我媽去警局了，好像是去跟對方談賠償之類的問題。我爸今天有高爾夫球的應酬，結束後應該就會過來了。』

朝風同學的說明簡潔明瞭。他的父母還是處得不好，但卻沒有為此忽略了孩子。

我試著轉移話題。家家有本難唸的經，朝風同學家也是如此。

『抱歉，我們兩手空空就來了。』

『沒關係啦，看到你們趕來，我就很高興了。坐吧！』

朝風同學指了指疊放在床邊的圓板凳，要我們坐下。

『不過，要跟你說個壞消息。』

『比賽輸啦？』

『少了你怎麼可能贏。』

『那今天是誰當守門員？』

我悄悄地舉起手。

『如果我是瀨戶老師也會那麼做。上半場派隼，下半場換出雲。』

『整場下來都是我。』

『我有提過要換人喔！可是隼說下半場他也要當。』

朝風同學聽了有些意外，直盯著我瞧。

『那你有什麼感想？』

『朝風同學真的很偉大，我現在全身痛到不行。』

哈哈～朝風同學輕笑出聲。我接著問：

『你不會痛嗎？』

啊～被我這麼一說，他才留意到自己打著石膏的腳。

『只要不亂動就不會痛。』

『還好嗎？』

以出雲的個性來說，這問法有點拐彎抹角。

『還好啦！只是骨折罷了，沒多嚴重，大概躺一陣子就會好了，說不定骨頭還會比以前更強壯喔！』

聽朝風同學這麼說，我總算放心了。

『不過，醫生說我得住院一星期，之後要暫時拄枴杖走路，不知道什麼時候才能回社團練習。』

出雲聽了，深深地嘆了口氣。

『這麼說來，這段期間我們得另外找守門員了。』

不過，朝風同學看起來倒是一點都不擔心的樣子。

『大家輪流當就好啦！這是很好的經驗，對吧？隼。』

『呃，是啦！雖然我的學習能力不好。』

『人生本來就是一門課啊！』

出雲從旁插了這句話。

『說到學習，我今天倒是學到不少，關於人生。』

朝風同學說著，臉色一沉。這還是我第一次看到他有這種表情。

『是什麼啊？』

『人生真的是變化無常，踏錯一步就會掉入萬丈深淵。雖然這我早就知道了，但今天出車禍，讓我有了更深刻的體驗，我想這件事我永遠都不會忘記吧！』

後來，朝風同學詳細地敘述了車禍發生的經過。車禍的原因並不是他走路不專心或沒有遵守交通規則。當他經過沒有紅綠燈的十字路口時，後方一輛汽車沒有先開到待轉區就突然轉彎，車主來不及操控方向盤就朝走在路邊的朝風同學撞了上去。雖然他馬上躲開，但一隻腳還是被撞到了。

『當時如果不是我，而是個反應不夠快的人，後果恐怕不堪設想。』

『是啊！換做是我可能會有生命危險。出雲大概就沒關係，他的腳程很快。』

『嗯，假如是出雲應該就不會受傷了。』

『不，連朝風同學都躲不了，我想我也沒辦法。』

『我作夢都沒想到自己會有這麼一天。出門前還在想今天就和平常一樣是個普通的假日，我正準備去參加社團的比賽。誰知道，此時此刻我竟然躺在醫院的病床上，而且只差一步，我就……』

朝風同學沒有再接著說下去，也許是顧慮到病房裡還有其他的病人。頓時，氣氛變得很沉重。

會死。

原以為那是很遙遠的事。人生在世，生與死本來就無法避免。想是這麼想，還在發育期的我總認為死亡離我還很遙遠——雖然之前因為背痛，我也想像過最壞的情況。

就這麼一步之差，和我同年、同校又同社團的朝風同學，說不定今天就死了。

『真的就只差一步。要是我晚個一步，肯定被車子撞得正著。想到這，裹著石膏的那隻腳都不自覺地起了雞皮疙瘩。那輛車撞到我之後就撞上一旁的防撞護欄，前面的引擎蓋整個都撞凹了。』

朝風同學摸了摸臉頰，好像真的很冷。在一旁聽他描述的我也跟著起了雞皮疙瘩。

『隼，還記得以前我跟你說過，我將來的夢想是成為高官，左右日本的發展。雖然這是個無趣的夢想，但我每天都是以這個目標而努力生活著。但在達成夢想之前，要是發生了像今天這樣我無法預料的事，一切馬上就化為烏有了。』

老實說，我對將來沒有任何夢想。出雲的夢想應該是交女朋友。或許聽起來實在不怎麼樣，但在面臨生死關頭時，這個夢想就變得很重要了。

『活著，真好。』

我點點頭，手不自覺地朝被球K得很痛的肩膀摸去。朝風同學還活著真是太好了，他腳上的石膏一定很快就能拿掉了。

咲良，我想見到妳。

心中頓時浮現了這個念頭。不，不對。自從聽到朝風同學出車禍的事以後，我就一直惦記著咲良。

7. 無法控制的意外

走出醫院時，出雲用手機撥了通電話給瀨戶老師，向她報告朝風同學的情況。瀨戶老師說她等會兒也會過來，叫我們先走，不必等她。後來出雲也打了幾通電話給社團的其他人轉達同樣的事。

我背對著出雲，打電話給咲良。

電話通了，嘟、嘟、嘟……

每響一次，我就覺得和咲良之間的距離越拉越遠。當然，這只是我的感覺而已。

手機的電波隨著通話聲，每響一聲就讓我心中的不安擴大一次，我不斷搜尋咲良的所在位置，東京、關東、長野、日本海、海的另一頭。

響了好幾聲後，電話轉到語音信箱。

我沒留言，直接掛斷電話。

因為我沒有特別想說的事，只是想聽聽咲良的聲音。既然她不接電話，那我只能那麼做了。我要去找她。

出雲還在講電話。

『詳細情況我明天再告訴你啦……』

他一副急著想掛斷電話的模樣，但對方似乎不肯作罷，還在繼續問個不停。

『出雲，我想起來我還有事。抱歉，我先走囉！』

我對出雲匆匆丟下這句。

『啥，你說什麼？』

不等出雲回應，我早已飛奔向前。

『喂！隼，你要去哪裡？上廁所嗎？』

我留下出雲，獨自奔向車站。咲良為什麼不接電話？為什麼不來看比賽？想著想著，我腦中浮現了不好的想像。難道她在哪裡昏倒了嗎？還是像朝風同學一樣出了車禍，所以沒辦法接我的電話？

當然，也有可能只是覺得麻煩不想接。手機響了，一看到螢幕上顯示著我的名字就不想接了。或許她一聽到來電鈴聲就知道是我，心裡就想：搞什麼，又是隼！反正一定又是要說今天比賽的事。真是的，我又沒興趣知道。算了，不接。

這個猜測也不是沒有可能。咲良的個性本來就反覆無常，況且我對她來說也不是很重要的人。

咲良一定覺得我很煩人。不過，就算這樣也沒關係。

經過幾次轉車，總算抵達咲良住的女生宿舍的車站。這時已經快黃昏了，秋天的落日將街道染成一片橘黃。看著眼前的街景，我感到累得不得了。

不知道是不是有點發燒，總覺得有點昏昏沉沉的。

今天這場練習賽已經讓我累翻了，何況又不是擔任平常的Post，而是我毫無經驗的守門員。

總覺得好像是一週前的事。

後來，又去了醫院探望朝風同學。

這也好像是三天前的事一樣。雖然，才剛發生不久。

今天一整天，除了龐大的運動量，我也吸收了太多情報，這對本來就瘦弱的我來說已經消耗了過多的熱量。我要是在這時候昏倒了也不奇怪，而時間還是會繼續流逝。

雙腳拖著沉重的身體走在這段我已經走過好幾次的路上，但內心卻告訴我快點、再快一點。身體與心裡展開了拉鋸戰。

儘管如此，我還是來到了女生宿舍。這時天色已黑，路燈也都亮了。咲良的房間也是亮著的，她在。咲良在家，屋內的日光燈看起來格外溫暖。

我這才想起，在醫院外打了電話給咲良而她沒接之後，我就沒再打過了。

現在打，她會接嗎？

我抬起頭望著咲良的房間，按下手機的通話鍵。

電話通了。一次、二次，到了第三次，咲良總算接了電話。是她的聲音，這就是我想聽的聲音。

『我在睡覺，不要吵我。』

我看我是真的昏頭了。就為了聽咲良不爽的聲音，我硬拖著疲累不堪的身體來到這裡。不，這也沒關係，至少我聽到她的聲音了，而且也確定她在房裡，這樣就夠了，我該滿足了。

『好，那我等會兒再打。』

我話還沒說完，耳邊就傳出一陣尖銳的煞車聲，回頭一看，有輛車就停在我旁邊。雖然四周都暗了下來，這輛車卻沒開車燈，但仔細一看，我也站在路中央。這一聲嚇得我心跳都快停了。

我很想趕快退到路邊，雙腳卻不聽使喚，動也動不了。

車主把車開到我身旁，拉下車窗對我破口大罵後才離開。

踏錯一步就會掉入萬丈深淵。朝風同學的話在我腦中迴盪。

回過神後，我才發現自己的膝蓋正在微微顫抖。

『隼，你在樓下嗎？』

手機那頭傳來咲良的聲音，同時間我看到她打開房間的窗戶，探出頭來。因為天色太暗，我怕她看不到我，急忙揮起手來。

『你要是來了就說一聲啊！』

此刻咲良的聲音不知道是從手機傳出來，還是從窗邊傳下來。我不曉得該朝哪邊回話，只好邊對著手機邊朝著樓上小聲地說：

『因為妳說妳在睡覺啊！』

『算了，你上來吧！』

我悄悄溜到停腳踏車的地方，從那裡的小門潛入宿舍。

咲良的房門是開著的。

『打擾了。』

『知道就好。』

在不受歡迎的情況下，我默默地脫下鞋子。

咲良穿著長袖T恤、搭一件類似牛仔褲的長褲，這身打扮既不像睡衣也不像家居服。也許是剛睡醒的關係，她頂著一頭亂髮，臉色看起來不太好。我偷偷觀察她，接著問：『妳今天一直在房裡睡覺嗎？』

『怎麼可能。你幹嘛這樣問？』

『沒有啦！聽說富士有找妳來看比賽，可是妳沒來。』

『喔，我中午有點事。』

『是喔！可是比賽完我打給妳，妳也沒接。』

『你在擔心我啊？』

咲良的語氣有些不爽。我知道她很討厭人家把她當病人看，不過她說對了，我的確在擔心她。我試著用委婉的方式回答她。

『對了，朝風同學今天出車禍了。』

『真的假的？他還好吧？』

也難怪咲良會有這種反應，畢竟她又不是不認識朝風同學。

『他的腳骨折，上了石膏，看樣子得花一段時間才會好。』

『所以他現在住院囉？』

『嗯，大概要住一個星期。』

『是喔！』

咲良含糊地點點頭，也許是想起自己躺在病床上的樣子。不過，她卻轉移了話題。

『剛剛隼也很危險，要是一個不小心，你就受傷了。』

『嗯，我會小心。』

『不過，朝風同學應該是很小心的人。』

『是啊！他和我不一樣。他是被後方的來車撞到的，還好當時他很快就閃開了，所以才只有腳骨折。』

突然間，咲良的眼神變得有些空洞。只見她緩緩地張開嘴，說：

『要不然，他現在可能就死了？』

雖然我不想讓咲良感到有壓力，但該說的還是要說。她必須再去接受檢查，預約的日子就快到了。

『誰知道呢？不過朝風同學說了，經過這次的車禍，讓他體認到人生不是光靠自己的意志就能控制的。』

『這樣啊……』

咲良喃喃地說。

接著，我的肚子狠狠地咕嚕了一聲。咲良原本空洞的眼神露出尖銳的光芒。

『搞什麼啊！你肚子叫什麼叫。』

我趕緊套用朝風同學說過的話，故意裝得很幽默。

『妳看，這不就是自己的意志無法控制的事嘛！』

聽了我的話，咲良不禁莞爾一笑，然後又立刻收起笑容，板著臉走向廚房。
『我做烏龍麵給你吃吧！』
『妳要做啊？』
『不吃就算了。』
『要，我要吃。我會乖乖吃光的。』
咲良的廚藝不是普通的糟，和我當守門員的技術不相上下。不過，她親自下廚做飯給我吃，這可是比出車禍還要稀奇的事。
她把裝了水的鍋子放到爐子上。
『你要是敢說不好吃就試試看。』
『怎麼會～咲良做的一定會非常好吃。』
『好吧！那我就特別做咖哩烏龍麵給你吃。』
話一說完，她拿出咖哩調理包放進鍋子裡。喔～原來是這個意思。
等了三分鐘，也許是因為放鬆的關係，我竟然睡著了。

8. 一星期的適應力

從朝風同學出車禍的隔天開始，一整個星期，每天都變得很不可思議。因為應該出現的人不見了。

星期一，我總覺得哪裡不對勁，就像餐桌上突然少了白飯一樣。嘴裡吃著菜，眼前卻看不到飯，每做一件事就想著接下來要幹嘛。不自覺就想起了朝風同學。

二年級的社長一向都把一年級的事交給朝風同學處理。團練時倒還好，但其他時間，我們一年級的社員總是晃來晃去，不知道該做什麼才好。

本來我以為出雲會暫時接朝風同學的工作，但他卻一副心不在焉的樣子。或許是朝風同學的事，讓他受到了不小的打擊。不過，與其說是心情低落，我倒覺得他看起來有些亢奮，整個人輕飄飄的，彷彿置身天堂。

最後我們什麼都沒做，就待在場邊看二年級和K書K累了、想活動筋骨的三年級社員們比賽。

我仔細觀察著守門員的動作。雖然我沒打算改當守門員，但視線就是離不開那個位置。以前看比賽，我都只看Post，直到最近才開始了解，為什麼瀨戶老師會要求我比一般的Post表現得更積極。我想，瀨戶老師是想把我們訓練成攻擊型的隊伍。由動作敏銳的左撇子出雲擔任45，加上高個子專攻快球的我、防守力超優的朝風同學，應該可以組得成那樣的隊伍。

早上起床時，身體比昨天更痛了，同時我也明白了瀨戶老師的想法，大概是睡覺時大腦整理思緒後的結果。睡眠對人類來說真的很重要。

二年級那隊的守門員是正式隊員，三年級那隊則是派出擔任過中鋒的學長。在場邊觀賽的我一直盯著他們兩個看。

但卻沒什麼新發現。二年級的那位本來就是守門員，攔截球的技術果然很好。這是很理所當然的事。或許因為大家都是同社團的人，這場比賽實在沒什麼看頭。

不過，我還是發現一件事。守門員會把雙手雙腳展開，用手指比成剪刀的動作在防守球門，看起來就像螃蟹一樣。第一次看到的人說不定會以為是在搞笑。

那個動作真的很滑稽，但二年級的那位學長做起來倒是架勢十足。這麼說來，當初找我試投手球的朝風同學好像沒做這個奇怪的動作。雖然他光是站在球門前就已經很有架勢了，但以朝風同學的個性，該做的他應該都會照做。

回到家後，我迫不及待地開始練習那個動作。

『你在跳螃蟹舞啊？』

老爸說了一個很冷的梗。唉！沒辦法，我做起來就是沒那種派頭。

『我是在練習。』

『練習？』

『守門員的動作啦！』

『喔～我還以為你是信了什麼奇怪的教。』

算了。我放棄練習，坐在沙發上，對著空氣喃喃地說：

『怎麼做才能看起來有魄力？』

『你可以看看摔角的錄影帶，好好研究研究。』

明知道那是老爸的玩笑話，睡前，我還是拿了以前老媽送我的職業摔角精華版錄影帶出來看。錄影帶裡有位選手比賽後接受採訪時，對著鏡頭不斷大叫。『原來這就是他們的鍛鍊方法啊！』我摸了摸自己的胸口，沒有厚實的肌肉，只摸到了肋骨，結果之前被球K的地方也跟著痛了起來。

我搖搖頭，關掉錄影機，上床睡覺。

星期二，今天的出雲還是那副飄飄然的模樣。朝風同學還是不在，仍舊沒有半個人願意接替他的工作。

『大家要不要輪流來做守門員的練習？』

提議的人，是我。大家都朝我看了過來，真尷尬，我最不會應付這種場面了，好像有東西卡在喉嚨一樣，好喝想水。大家只是看著我，卻沒有任何反應。我吞了吞口水，接著說：

『在朝風同學腳傷痊癒之前，總得有人當守門員。我來當是沒關係，但我想大家應該也來體驗看看。嗯……當守門員可以讓自己從不同的角度來看手球運動。』

『這提議不錯啊，那就來吧！』

出雲隨即丟出這句話。看來，他似乎有稍微回過神了。我看了看其他一年級的社員。

『要是怕痛，趕快閃開就好啦！』

話一說完，大家都笑了，然後紛紛走向球門的位置。出雲當然又是衝第一個。

『來吧！儘管放馬過來。我會牢牢守住球門的！』

說完，他就擺出一個很有氣勢的姿勢，不知道他是從哪兒學的，還是他自己想出來的。結果有個人邊跑邊丟出球，不偏不倚砸中出雲的頭。毫無防備的他連忙站穩腳步，嘴裡大喊：

『誰啊？來陰的，不過我還是守住囉！換人。』

出雲隨手抓了個站在附近的社員，把他拉到球門前。

星期三，大家還是沒什麼幹勁，但做守門員練習時就變得認真多了。表現得不怎麼樣的我也為大家示範了守門員的動作。也許是感受到我們的努力，二年級的守門員也來幫忙指導。

星期四，這天和二年級進行了練習賽。我們一年級的社員決定每五分鐘換人守球門。雖然最後輸得很慘，但大家都沒有因此而沮喪。每個人都覺得很滿足，只有出雲感覺怪怪的，好像有心事。

星期五，出雲很難得地早退了，而我們大家也開始習慣了沒有朝風同學也能自己練習。

星期六，出雲請假了！當天早上，我才接到他要我幫忙請假的電話。那天早上晴空萬里，天氣很好，從我家陽台還可以稍微看到富士山。

『隼，麻煩你今天幫我請個假。』

『發生什麼事了嗎？』

『一定要說理由嗎？』

出雲的語氣聽起來有些不滿，但好像又很希望我繼續問下去，讓我不知道該如何反應。我果然還不夠成熟。

『沒有啦！』

『喔～算了，以後再告訴你吧！』

出雲說完這句話後就掛斷電話了。老實說，我並不想知道他為什麼要請假，因為我也常在請假，多半是為了咲良的事。高中生的生活其實也很複雜，沒必要非得弄個一清二楚。話說回來，總覺得有點難想像少了朝風同學和出雲的手球社，害我也好想請假去跟咲良約會。眺望著遠方的富士山，心情也變得越來越沉重。

心情不好的我最後還是出門了。今天也和平常一樣，雖然少了朝風同學和愛耍寶的出雲，大家還是沒什麼改變。當然，少了他們倆，戰力肯定變得很弱，不過比賽至少也得湊足七個人才比得成。

好寂寞。也許是天氣太好的關係，讓我變得有些多愁善感。

想當初要不是朝風同學主動找我，我根本不會加入手球社。就算上了高中，一定也是放了學就直接回家。正因為如此，少了朝風同學的手球社讓我很不習慣。

可是才過了一星期，我卻好像漸漸習慣了。以身為手球社的一員來說，應該算是件值得高興的事，但若從私自將朝風同學當成朋友的心態來想，這樣的我似乎有些無情。

星期日，社團沒有練習。

朝風同學打電話告訴我他今天出院。這真是個好消息，那我就不必去探病了。

打電話給咲良，她卻說她今天有事。雖然她說話不像出雲那樣故弄玄虛，卻不肯告訴我有什麼事，不過聽她的聲音，感覺很有精神。老爸出門了，大概是去和瀨戶老師約

會吧！

今天的天氣不錯，但沒昨天好。不過，我也想不到有哪裡可以去，真是浪費了這樣的好天氣、浪費了時間。因為覺得有點涼，我找出了去年買的棉T來穿，結果肩膀的地方變得很緊，真是浪費了一件衣服。

帶著鬱悶的心情，我又看了一次摔角錄影帶，卻一直無法投入，乾脆起來邊做守門員的姿勢邊看。我真是糟糕，就連思考將來的夢想都不知道該從何想起。

算了，來睡個午覺好了。正當我這麼想的時候，手機響了，是出雲。

『你在幹嘛？』

『沒啊！你呢？』

『我啊，我在慢慢反芻。』

『返除？』

『就是牛的那個反芻啦！』

『你是說吃了又吐、吐了又吃的那個「反芻」？』

『我只是在比喻，我又不是牛，而且我的腸胃好得很。現在的我身體健康，心情超好。』

雖然不知道是怎麼一回事，但我聽得出來他心情不錯。

『是喔！我心情不太好。』

『這樣啊，那你睡吧！』

然後他就掛斷了電話。這傢伙真是沒禮貌，也不知道他到底打來幹嘛？一肚子火讓我睡意全消，肚子也跟著餓了起來。

9. 認真努力的傢伙的夢想

過了一星期，朝風同學拄著枴杖來到社團。

一時間，我忘了之前習慣朝風同學不在的感覺。他只是來看看大家，不過一看到他出現，氣氛馬上變得不一樣。

十幾歲的年輕歲月，彷彿一下子就變成遙遠的過去。我有種感覺，也許再過一個月等朝風同學重新歸隊後，說不定我會連他出過車禍的事都忘了。

假如當時朝風同學的反應再慢一點、運氣再差一些，現在他可能已經不在了。

當然，一個月的時間太短了。也許過了一年，我會忘記朝風同學的存在。要是後來隊上又有了新的守門員，我可能也不會覺得少了朝風同學有什麼改變。

我一邊為朝風同學的出院而開心，一邊心裡卻又想著沒發生的壞事。

突然，一顆球朝著想得出神的我丟了過來。

『痛耶！』

我一回過神，就聽到出雲故意挖苦地說：

『隼，你可別因為朝風同學回來了就鬆懈囉！』
『我哪有？』
『那你剛剛在想什麼？』
出雲今天心情也很好。要是我真的說出剛剛心裡想的事，肯定會被他大大地嘲笑一番。
『就有點事。』
『是咲良的事，對吧？』
『啥？』
聽到出雲這麼說，我的心用力地跳了一下。真奇怪，我明明是在想朝風同學的事啊！
『被我說中了吧！反正你也沒有別的事好想。』
『有好不好。』
我微弱地反駁。
『是什麼？』
『像是晚餐要吃什麼啊！』
瞬間我只想得到這個。出雲說得沒錯，我的確是沒什麼事好想，才扯出這個爛藉口。不過，我最近也開始吃膩了老爸買回來的回游鰹魚和秋刀魚。
『女人和食慾。你倒是很坦率嘛！』

與其說出雲是在挖苦我，他的口氣聽起來更像是個明理的大人。非但沒有揶揄的感覺，還充滿體諒的包容，這樣的他更教人生氣。

聽到其他社員的呼喊，他撿起球跑了過去。

我忍住不滿的情緒，歪著頭有些疑惑地看著出雲。

朝風同學坐在摺疊椅上，立在他身旁的柺杖有點搖晃，彷彿在嘲笑我一樣。

練習結束後，離家不遠的我沒急著換衣服，先和朝風同學站著閒聊幾句。當然，他還是坐在椅子上。

更衣室裡衝出一個人，是出雲。

『抱歉，我有點急事。』

只見他快速舉起手向我們示意後，就像風一樣地離開了。我還以為看到好久不見的朝風同學，出雲會熱情地圍在他身邊，沒想到他卻匆忙地離開了。

『搞什麼啊！那傢伙。』

看到出雲這麼不夠朋友讓我很生氣，但一旁的朝風同學卻不以為意。

『他大概是不想和拄柺杖的人走在一起吧！』

『難道是要去補習班嗎？』

『嗯，今天的確是補習的日子。』

『他從什麼時候變得那麼認真啦？』

『出雲本來就比一般人來得認真，不是嗎？』

『會嗎？』

我想朝風同學應該是在說笑，他一如往常地露出開朗的笑容。

『說到這，上星期你不在的時候，出雲一直都怪怪的。』

『怎麼個怪法？』

『他在社團總是一副心不在焉的樣子。而且星期五還早退，星期六也請了假。』

『原來如此，他已經達成了。』

朝風同學似乎有底了。

『達成什麼？』

『人啊！只要活著，一定能達成夢想。』

『夢想？』

『出雲也努力了很久。』

『我也知道他是個很努力的人，可是……』

『所以他達成啦！』

其他社員陸續從更衣室裡走出來，靠到朝風同學身邊，我和朝風同學的對話也就此打住。

『隼，可以麻煩你幫我收一下嗎？』

朝風同學撐著枴杖站起身，指了指他坐的摺疊椅。

『ＯＫ，交給我。』

就這樣，雖然少了出雲，朝風同學還是在大家的陪伴下離開了。我抱起摺疊椅走向更衣室。

『出雲一定發生了什麼事。』

我邊喃喃自語邊脫下制服。

『出雲的夢想……』

脫到身上只剩下內褲和襪子時，我腦中突然閃過一個答案。

『不會吧！』

這個瞬間出現的答案很快就被我拋在腦後。

10. 電腦啊，電腦！

『我今天去檢查了。』

咲良故意把語氣裝得很平淡，不帶有任何感情，感覺就像『我已經向你報告了，之後的事無可奉告』。

換作是別的事，也許我會就這樣乖乖接受。

『怎麼樣？』

『沒差，和之前檢查的內容都差不多。』

『那醫生有沒有說什麼？』

『沒差，反正到時候等結果出來就知道了。』

咲良連說了兩次『沒差』。如果可以，我真想看看她現在的表情。

『妳很累吧？』

『沒差。』

又來了，第三次。

『這幾天身體還好嗎?』
『普通。』
『那就好。』
『我該說的說完了。』
『嗯……』
『你要是沒話說,那我掛囉!』
咲良,別急著掛嘛!我連忙丟出一句:
『報告什麼時候會出來?』
『兩星期後。』
『那到時候我陪妳去。還是妳覺得那須先生陪妳去比較好?』
頓時一片沉默,好像手機的收訊變差了。但其實訊號的顯示還是滿格。
『你該不會說出去了吧?』
『當然沒有,我連我老爸都沒說。』
『那就好。我再打給你。』
話一說完,咲良就把電話掛了。我們之間的訊號毫不留情地被切斷,要是重撥她一定也不會接。就算跑到女生宿舍,她也不會開門讓我進去吧!

唉！算了。我躺到床上。

後來咲良自己去做了檢查。雖然那天不是假日，但我本來就打算陪她去，卻被她狠狠拒絕了。

『總之，她還是做了檢查。』

是啊！還好她有再去重新接受檢查。再來就只能等待了。兩星期後，我一定會陪她去，我不能讓咲良獨自面對。

現在睡還早，而且我也不睏。秋天的夜晚還真長，對咲良來說，一定更漫長。不光是夜晚，報告出來前的這十四天，每日每夜對她來說肯定都不好過。咲良身邊的時鐘就像被小矮人惡作劇般給調慢了。每看一次時鐘，可惡的小矮人就朝她露出不懷好意的笑容，彷彿在對她說：別急、別急，妳看，寶貴的時間又減少囉！

好渴。

我下了床，走向廚房。經過客廳時，正好看到老爸對著電腦喃喃自語：

『電腦啊電腦，誰是世界上文筆最棒的人啊？』

我試著壓低聲音，代替電腦回答老爸，不過我有點心虛就是了。假如他是問『誰是世界上最美麗的人』，我一定可以馬上回答。

『那個人是老爸……也說不定。』

我原以為老爸聽到我的聲音會回過頭來，帶著不好意思的笑容。沒想到他的表情卻相當認真。

『說不定啊，那也不錯啦！至少還有點希望。現在可能還不是，說不定將來就是了。』

『只要活著，一定能達成夢想。』

這是朝風同學說過的話。像出雲就已經達成夢想了。

『說不定啦！人生漫長，老爸我也已經走了一大半，或許剩下的歲月裡可以達成夢想吧！』

『老爸一定會長命百歲的。』

老爸聽了搔搔頭，說：『好，我又恢復幹勁了。』

我接著走進廚房。

『老爸……』

『什麼事？』

我想起咲良的事。還是應該告訴老爸比較好吧！可是報告又還沒出來。

『你……要不要喝咖啡？』

『好啊！幫我泡濃一點，讓我醒醒腦。』

我拿出水壺裝滿水，放到爐上加熱。

11. 逞強的背影，顫抖的肩膀

天空下著冰冷的小雨。

醫院的走廊沒有窗戶，所以看不到外面的情況，陰冷的濕氣透過單調的白牆滲入室內，只是坐在長椅上，仍感受得到外面的低溫。手裡的口袋書從剛才到現在一頁都沒翻過。不知道為什麼，總覺得空氣很稀薄，讓我呼吸困難。空氣中那股消毒藥水的氣味也比平常來得強烈。

又來了……我不禁露出苦笑。最近我好像常跑醫院。陪咲良來做檢查、我的背痛、老媽的流產、朝風同學的骨折，還有今天陪咲良來聽二度檢查的報告結果。不過就算來過好幾次，我還是無法適應醫院這個地方。光是身處其中，我就覺得全身不對勁，像是跑錯教室一樣。也許是太過緊張讓我感到壓力很大，真想默默逃離這裡。

看著眼前這扇診療室的門，不知道裡面的咲良怎麼樣了？

希望她真的只是貧血。只要生活規律、注意三餐的營養均衡、好好吃早餐，就能痊癒。

雖然我不相信神明的存在，但這已經是我今天第十次祈禱。今天早上我去了趟家附

近的神社，不過這件事我並沒告訴咲良。我一口氣投了五百圓的香油錢，全神貫注地請求神明。不只如此，早上一起床，我還洗了個冷水澡。也許我會覺得有股涼意是因為感冒了。

但不只是今天，每晚睡前，我都一定會向神明許願，而且還刻意不吃我最愛的培根，不曉得老爸有沒有發現。就像大人為了實現願望會不喝酒、不抽煙一樣，我則是克制食慾不吃培根，所以這幾天我吃的義大利麵都是日式醬汁口味。雖然超想吃奶油培根麵的，但我還是忍了下來。除了有一次忍不住，做了番茄肉醬義大利麵，不過配料我用的是小熱狗喔！

我的身體需要吸收動物性脂肪，否則就算再怎麼努力練手球鍛鍊身體，也還是壯不起來。不過沒關係，只要咲良平安就好，我願意一輩子都當個窩囊廢。

我迅速闔上書，輕薄書頁掠過的聲音在我耳裡迴盪。抬頭看看四周，卻也不知道要看什麼。算了，還是看書吧！

就在這時候，診療室的門開了。

我不自覺地從椅子上站起來。

一位護士從裡面探出頭來。

嚇我一跳。當我準備坐下時，護士和我正好四目交會。

『你是黑木隼嗎？』

『呃，我是。』

我的聲音有些嘶啞。

『請你進來一下。』

護士對我招了招手，我就像被下咒一樣站了起來，向前跨步。明明又不是多激烈的運動，我的心臟卻狂跳個不停。

眼前的這幕景象，我總覺得有種似曾相識的感覺。

我恍恍惚惚地走進診療室，腳步一直踩不穩。呼吸變得更困難了，不是因為缺氧，而是太過緊張，變得呼吸急促。對了，這會不會就是過度呼吸症候群啊？

我突然想起以前在電視上好像看過這樣的報導。

不過，今天的主角不是我。

一走進診療室，我就看到咲良的背，打得直挺挺的，似乎在故做鎮定，肩膀也顯得有些僵硬。

咲良的肩膀正微微地顫抖著。

啊～我不自覺地輕嘆出聲。

眼前變得一片模糊昏暗，貧血應該就是這樣吧！乾脆直接昏過去算了。

『你好，請坐。』
有個聲音隔著咲良的背傳出來。那語調聽起來平靜，卻有種令人不得不聽從的感覺。
讓我原本恍惚的意識立刻被拉回現實。
醫生指著一旁的椅子示意我坐下，我看了看他和咲良的表情。
果然，咲良正咬著下唇。
醫生轉動椅子面向我，我的視線也跟著移過去。醫生的表情和他的聲音一樣讓人猜不透，卻很有威嚴。他準備開口了，我真想捂住耳朵。
『你就是黑木隼？』
『……』
我連眨了三次眼睛才回過神，注意到醫生問的問題。
『喔，我是。』
『你和藤森咲良小姐的關係是？』
『我們的……關係啊？』
『嗯，是什麼關係？』
我和咲良的關係……戀人？怎麼可能。朋友？應該算吧！
『就跟你說了是親戚啊！』

回答的不是我，而是咲良，她的語氣充滿煩躁。我連忙點點頭，接著說：

『對，我們是親戚。』

『雖然是親戚，不過又有點……』

看樣子醫生好像想再聽更進一步的說明，但我不知道他的用意是什麼。

『呃……有點複雜。』

該怎麼說明比較好呢？我偷偷瞥了咲良一眼。她完全不甩我，像一尊擺著臭臉的石膏像直視著前方。

『我們是沒有血緣關係的親戚。我爸媽離婚後，我和爸爸住在一起，而媽媽再婚了。我媽再婚的對象就是咲良的父親。咲良的爸媽也離婚了，雖然她和母親住在一起，但現在是自己一個人在東京生活。她在東京的監護人，不，應該說是保證人就是我爸。』

『的確很複雜，但和咲良說的都一樣。』

醫生好像接受了。咲良瞪著他，眼神中盡是責備。

『看吧！我沒說謊。』

『我只是以防萬一，再做一次確認而已。誰知道隼會不會是妳的男朋友呢？』

醫生的態度也很從容。

『既然你們稱不上是親戚，在法律上也沒有任何關係了吧！況且你們又同年，隼根本不算是咲良的監護人，勉強來說，只能說是保證人的兒子。』

『您說得沒錯。』

我實在無力反駁。

『所以說咲良的父母，也就是媽媽和繼父，現在住在長野縣茅野市，對吧？』

『這些我剛剛不都已經說過了？』

我趕緊拉住激動的咲良。醫生看了看我，我接著回答：

『對，沒錯。』

『親生父親人在橫濱？』

『是，和我媽住在一起。』

『橫濱離這兒不遠，能不能麻煩他過來一趟？』

『來醫院嗎？』

『對，盡快。』

醫生的話簡短卻嚴肅，『盡快』這兩個字在我腦中立即轉換成『時間緊迫』的意思。雖然我沒有那須先生的聯絡電話，但老媽的手機號碼我倒是有。我點點頭，卻被咲良拒絕了。

『那男人和我一點關係都沒有。』

醫生聽了搖搖頭，說：
『既然如此，那就請妳住在長野的母親過來吧！』
『她現在來不了。』
『明天或後天也可以。如果告訴她是關於女兒身體健康的事，我想做媽媽的都會馬上飛奔過來。』
『為什麼非得找父母過來不可？』
『因為妳還未成年。』
咲良和醫生大眼瞪小眼，不過只有咲良單方面充滿敵意，醫生並不吃她那套，所以搞得診療室裡的氣氛超尷尬。不管怎麼看，到頭來累的一定是咲良。
『那個……請問一下？』
看來只好由我出面替咲良解圍了。
『找我爸過來可以嗎？他現在應該在家，我想他可以馬上過來一趟。』
醫生想了一下，點了點頭。
『好吧！』
雖然咲良沒說什麼，但我知道她一定很不爽。唉！沒辦法，誰教我不是大人？這時候只好請老爸出馬。

『那你打電話吧！』

醫生拿起桌上的話筒遞給我。我接過話筒，按下家裡的電話號碼，老爸很快就接了電話。

『喂，老爸。』

『ㄟ，隼？你不是在學校嗎？』

電話那頭，老爸的聲音聽起來格外嘹喨，讓我有種置身溫暖南洋國家的感覺。我到現在還沒告訴老爸咲良重新做檢查的事。

『呃，我有點事，等會兒再告訴你。我現在和咲良在醫院，你可不可以馬上過來一趟？』

我把醫院的名字和大致上的位置告訴老爸後，只聽到他低聲說：

『我馬上過去。』

我想老爸可能察覺到有什麼異狀。

放下話筒，我才發現診療室有窗戶，外頭不知道從什麼時候開始下著大雨，雨點激烈地敲打著玻璃窗。或許是因為雨勢太大了，窗外中庭的景色看起來就像是透過老舊的彩色玻璃看到的一樣，模糊又歪斜。應該不是我的眼淚吧！我偷偷地擦拭眼睛四周，還好，沒有眼淚。

此刻的我什麼都還不知道。
老天爺啊！請祢保佑咲良的檢查結果別太嚴重。
不知不覺間，我的祈禱竟變得如此渺小、薄弱。

12. 危險重重的世界

咲良一句話都不說。

趁著她去上洗手間的空檔，老爸悄悄地告訴我：

『醫生說咲良的病是很罕見的病例，情況似乎不太樂觀，而且目前還沒找出能夠根本治療的方法，所以只好先對症下藥。不過有沒有效，還得進行評估，因為這得視病情進展的程度。基本上……』

說到這，老爸顯得有些支支吾吾。離開醫院後，我們來到附近的一家大眾餐廳，大片的玻璃窗因為雨水、濕氣和熱氣而起了霧。

『據說大多數的病例，發病情況都很緩慢。不過，還是有突然惡化的可能性。』

我的心緊緊地揪成一團，體內的五臟六腑就像結了冰一樣變得很僵硬。無法根本治療的病，有可能會突然惡化的病。

我不安地問老爸：『那咲良已經……』

『她還有希望。只要她先好好接受治療，說不定根本治療的方法很快就會研究出來了。』

『你不要安慰我了。』

『不，醫生說研究正在進行中。而且……』

『而且什麼？』

我抓住老爸的手臂，就像溺水的人緊抓著稻草不放。沒想到老爸的手臂還滿結實的。

『有可能是診斷錯誤啊！因為這種病症和年輕女性的貧血很相似，所以醫生說今後還得持續觀察。』

『可能性大概幾成？』

『這他倒是沒說。』

我接著問：

『那病名是？』

『叫什麼來著？總之是個名字落落長，聽起來很像在唬人的病。』

『喔……』

其實我心裡明白老爸不可能忘記，他只是不願意告訴我。大概是怕我知道後會自己去查，查了之後，說不定會知道更糟的結果。

我不發一語，老爸也是。餐廳內的一角傳出很過時的旋律，聽起來像是老歌。這一瞬間，我和老爸都陷入沉默的旋渦中。很不巧地，有個女服務生本來要過來幫我們續杯咖啡，一看到我和老爸嚴肅的氣氛，不由得倒退一步，悄悄離開。

不行！在咲良回來前要趕快打破沉默。

老爸似乎也察覺到了。他用力搖搖頭，像是要把附在他身上的鬼魂趕跑一樣。

就在這時候，我的手機響了，是咲良。

『怎麼啦？』

『我先走了。』

『啥！妳現在在哪兒？』

『我已經快到車站了，今天我想一個人靜一靜。』

我看了看老爸，默默地點點頭。

『我知道了，那妳回到宿舍後打通電話給我。』

『嗯。』

我忍不住又多說了一句。

『妳要小心點。』

『小心什麼？』

我聽得出來咲良在假裝堅強。停頓了幾秒，我連忙答道：

『呃……小心色狼、小心流氓、小心殺人魔、小心火災、地震，還有很多很多。

啊！還有小心車禍。』

『要小心的事還真多耶！』

『這世界本來就充滿危險，就連朝風同學都躲不過了。』

『不過，我一定沒問題。』

『是啊！咲良絕對沒問題。』

『那先這樣。』

掛斷電話後，我用眼神詢問老爸：『這樣好嗎？』

『就隨她去吧！咲良不喜歡讓人家看到她脆弱的一面，特別是在你面前。』

『咲良很堅強。』

如果不這麼說，我好怕她會撐不下去。

『是啊！』

老爸察覺到我的心情，靜靜地點點頭。

『接下來該怎麼辦？』

『我也不知道。總之，要先聯絡咲良住在茅野的母親和那須先生。』

『這麼一來，她會不會被帶回茅野？』

『這是她本人和家人該決定的事，身為遠親的我們沒權利過問。』

『可是老爸是咲良的保證人啊！』

『那只限於咲良住在東京的時候。』

『……』

事到如今，跟老爸再多說什麼也於事無補。咲良生病是既定的事實。我不是醫生，也不是家人，更不是戀人，勉強說起來，只算是可有可無的存在。我什麼都沒辦法為她做。就算是遠親，卻沒有任何血緣關係，要是以後咲良需要輸血急救，我也幫不上忙。讓咲良重新接受檢查，我的任務也宣告結束。

『回家吧！』

『嗯。』

正當我準備站起來時，卻感到使不上力，跌坐回椅子上。

『隼，振作點。你倒了怎麼辦？』

『不怎麼辦。』

我再次慢慢站起來。我太依賴老爸了，要是他沒來，我說什麼都會用盡全力陪在咲良身邊。趁著老爸去結帳的時候，我為懦弱的自己打打氣。

振作點！你這個窩囊廢。

13. 人數眾多的家庭會議

砰的一聲，我整個人跌坐在地。

一個拳頭狠狠地朝我K了過來。

但我沒有抵抗，心甘情願挨了這拳，或許是想藉此懲罰自己。如果可以，我真希望讓自己受一點疼痛來減輕咲良的病，要是揍我可以讓她心裡舒服點，那我也願意。

左臉被K了一記。

好暈。上半身重心不穩，腳步就要站不穩了。

不過，我還是撐住了。

自從暑假那次見面後，銀河又長大了不少，明明也沒過多久的時間。不過論身高，我還是高他一截，所以他只好仰望著我揮拳，力道也因此變弱了。

好不容易站穩後，本來想乾脆倒下算了，最後還是打消了這個念頭。我的演技沒那麼好，假如被銀河抓包我是假裝倒下，那他可就真的會發火了。

『都是你害的。』

『對不起。』

『你一直待在咲良姊身邊，怎麼還讓她發生這種事？我絕不原諒你。』

銀河那充滿恨意的眼睛淌著大顆的淚珠。他再次握緊拳頭。來吧！我做好心理準備，把剛被K過的左臉朝向他。

或許是察覺到我的用意，銀河眼中的憎恨變成了懊悔。他鬆開緊握的拳頭，忍了好久的眼淚終於崩潰，滴落地面。

『抱歉，我不該把氣出在你身上。』

『不，你說得沒錯，都怪我沒把咲良保護好。』

『咲良姊生病並不是你的錯。』

『……』

『她不該來東京的。』

銀河的聲音越來越低，最後化做嘆息般的喃喃自語。

『如果她留在茅野，可能就不會發生這樣的事了。』

我也嘆了口氣。

咲良住在茅野的母親一接到老爸的電話，馬上就趕來東京，之後就留下來。到了星期六，藤森先生也帶著銀河和襁褓中的小響一塊兒來了。

現在我家的客廳很熱鬧，坐在咲良對面的分別是藤森夫婦與那須夫婦。老爸以旁聽者的身分參與其中。

我和銀河都是沒有發言權的未成年少年，只好摸摸鼻子走人。我強拉著想要留下來的銀河到附近的公園。

淡淡的陽光照進公園裡，雖然是星期六，卻沒什麼人影。這附近的小孩子本來就少，老人家就算想出門曬曬太陽，天氣卻又變冷了。一起風，枯黃的樹葉便沙沙作響，掉落地面。銀河用力踩在一片落葉上。

啪沙。乾枯的落葉立刻粉碎了。

『她會好吧！』

銀河的語氣不是疑問，而是確認。

『詳細情況我也不是很清楚。』

『她會好的——』

這次的語氣聽起來像在懇求。是啊……雖然我也想這樣回答他。

『聽說病情不太樂觀，但還是有希望的。』

『就是說啊！又不是治不好。』

銀河聽了點點頭，把我的話解讀成最正面的意思。我實在不忍心反駁他，我想他自己也知道那是他私心的想法。我不自覺摸著被揍的左臉。
『會痛嗎？』
銀河看了問我。
『嗯，好痛喔！』
『對不起啦！我又沒揍過人。』
『是嗎？我不相信，你一定有。』
我知道那是因為銀河很重視咲良，才會有這樣的舉動。
『我們差不多可以回去了吧！』
銀河非常在意大人們談話的結果。我望向公園裡的鐘樓，時間才過了一會兒。
我想談話不可能那麼快就結束了。咲良想繼續留在東京，但那須先生想把她接到橫濱，一邊就近觀察情況，一邊讓她繼續上學。而咲良的媽媽和藤森先生則想把她帶回茅野。
『大概還得再等等。』
『可是，我也想要說服咲良姊啊！』
『我知道，不過這件事交給大人們去處理會比較好。』
『……為什麼沒人願意聽我的意見？』
『咲良知道你很關心她的。』

銀河擤擤鼻子，發出啜泣聲，接著拭去淚痕。

『東京好溫暖喔！』

『不過最近也開始變冷了。』

『你肚子餓不餓？』

『我們去吃漢堡吧！車站前有一家咲良喜歡的店，不過是連鎖速食店啦！』

我想起去年夏天的那段回憶。那天非常熱，我和離家出走的咲良在店裡吵了一架，後來我獨自離開，可是我又沒辦法丟下她不管。後來看到咲良無奈地回到車站後，我才主動上前找她說話。要是當時我堅決不管她，說不定她早就死心回到茅野了。這麼一來，她可能就不會來考東京的高中，也不會離開茅野的家了，或許現在就不會得到這種病。不過，咲良的病既非傳染病，也不是地方性的流行病，這一切只是我個人的推測。

『那這頓讓我請吧！當作向你賠罪。這點小錢，我還付得起。』

『沒關係，我付就好。』

離開公園後，我和銀河一起走向車站的方向。

這家速食店的漢堡也很合銀河的口味。

『雖然有點貴，但很好吃。』

我笑了笑。看來銀河也很堅強，還吃得出來食物的味道。不管發生什麼事，他一定都能撐下去，不會為了咲良的事把身體搞垮。我也得振作！我大口咬下漢堡，試圖讓番茄醬包裹住失去味覺的舌頭。

當我和銀河回到家時，他們的談話還沒結束。咲良非常堅持，毫不退讓。屋內籠罩在一片沉重不悅的悶熱氣氛中，讓我好想打開陽台的落地窗換換氣。

一瞬間，我和咲良四目相對。

咲良看了看我和銀河，像是在確認什麼一樣，接著便開口說：

『我要留在東京。就算你們把我帶到茅野或橫濱，我還是會跑回來的。』

這句話咲良好像已經說過好幾次了，大家都毫無反應。只見咲良的媽媽無力地搖搖頭，那須先生雙臂環胸，表情嚴肅，藤森先生悄悄瞥了一眼躺在臂彎裡熟睡的小響，老媽也是一副心不在焉的模樣。只有老爸一臉平靜，嘴角彷彿還帶著笑。

站在我身旁的銀河情緒變得很激動，我趕緊抓住他的手臂。我知道他心裡有很多話不吐不快，但這時候他多說一句只會讓場面變得更混亂。我們不在的這段時間，想必他們已經爭論了許久。

『咲良，妳要不要先搬來我們家住？』

此話一出，在場的所有人都朝老爸看了過去。

『妳繼續待在宿舍一個人生活，藤森先生和那須先生都不會贊成，而且妳也不想跟他們任何一方回去。如果回茅野，妳就得轉學；搬到橫濱雖然可以繼續上學，但得花不少時間。我們家雖然不像宿舍那裡離學校很近，但也不算太遠。雖然我工作時間不太規律，但我常待在家，而且隼也在。既然醫生也沒說妳現在得馬上休學住院，那只要有人看著妳，應該就沒問題了吧？』

咲良聽了臉頰泛紅。

大人們也互相看了看對方。

原來如此，老爸早就料想到會演變成這種情況，所以先讓大家發表意見進行討論，最後他再跳出來收尾。

不過，事情當然不會那麼順利。咲良的媽媽堅決反對，那須先生也很猶豫，直說不方便再給老爸添麻煩。

『這提議不錯啊！藤森先生，您說是吧？』

老媽轉而向咲良的繼父藤森先生徵求意見。

『是啊！那就拜託您了。』

藤森先生向老爸點頭示意。咲良的媽媽和那須先生似乎還有話想說，不過一看到微笑以對的老爸，也只好妥協了。

『咲良，妳的意思呢？』

『是，就這麼辦吧！』

咲良側著頭，緩緩點頭表示同意。

我退後一步，環顧屋內。這場面真是不可思議，小小的客廳裡擠滿了人，這還是我搬到這兒之後第一次看到的景象。老媽也是第一次踏進這間屋子，說不定以後她不會再來了。除了老媽，還有她的再婚對象那須先生，也就是咲良的親生父親；還有咲良的媽媽、繼父藤森先生、剛出生的小響和藤森先生的兒子銀河也都來了。再加上咲良、老爸和我，總共九個人。

一大群關係錯綜複雜且不可能聚在一起的人，全都出現在這裡。

一家人？

應該算是吧！

但大家是因為咲良的病才聚在一起，所以氣氛一點也不和樂，而且還為了咲良的事起了爭執。不過，看到所有人齊聚一堂，對我來說並不是件壞事。

『看樣子你們都有在打掃房子喔！感覺很舒服。』

老媽回家前對我這麼說。

『嗯，還不賴。』

『咲良就拜託你們了。』

除了還是小寶寶的小響之外，這句話每個人都對我說了一次，銀河還特別加重了語氣。目送老爸出門後，屋子裡只剩下我和咲良。

『我可沒拜託你喔！』

一聽到咲良這麼說，我馬上鬆了一口氣。這樣才像她。沒錯，她沒拜託我，是我自己要保護她的。

14.『大牌』寄宿者

一星期後，咲良搬來我家。

我把房間讓給她，抱著棉被搬到被老爸堆滿書和資料的小房間，順便也替她把床換上了新床單。

咲良沒帶多少行李過來。她還沒把宿舍的房間退租，大部分的東西都留在那兒，她大概是想等過一陣子再搬回宿舍住吧！如果情況允許，我也很樂見。

咲良搬來的那天，那須先生也來了。但咲良的行李真的不多，所以與其說他是幫咲良搬家，倒不如說是想確認她到底有沒有來我家，而老媽則說因為有事來不了。我想她應該是覺得這裡是屬於我和老爸的家，她不方便太常過來。就算是那個大刺刺的老媽，多少還是有這樣的細膩。不過，老媽刻意迴避的舉動，看似對我們體貼，卻又讓我有點不知所措。

『我會再和茅野那邊好好溝通。在結果出來之前，就先麻煩您暫時照顧咲良了。』

在咲良整理行李的時候，那須先生對老爸這麼說。是啊！目前只是暫時的。雖然這樣想很不吉利，但要是哪天咲良突然倒下，那須先生肯定會感到很懊悔。

沒多久，那須先生就離開了。

老爸要咲良打通電話給茅野的媽媽。講沒幾句話，咲良就把話筒遞給了老爸。

『是，我知道了。沒錯，目前只是暫時的。假如有需要，隨時可以再到這兒坐下來好好聊聊。』

聽到老爸的回話，大概猜得到咲良的媽媽在電話那頭說了什麼。她想把咲良帶回茅野。我不禁又想，這樣做對咲良也好。

可是……咲良想留在東京。

父母親的心情固然重要，但應該優先考慮的還是咲良的想法，即使咲良生病也是如此。畢竟她可是費了好一番工夫才來到東京，到現在也才待了半年，怎麼可以因為生病就要她放棄呢？

況且，我也不想看到咲良懊悔的模樣。

我希望她能照自己的意思生活。雖然我也因此受到不少牽累，但我已心存感激。要不是因為咲良的出現，我的生活恐怕還是像過去那樣乏善可陳。以前的我總是抱著得過且過的心態在過日子，而咲良卻讓我一向平淡的生活充滿了高低起伏，刺激不斷，偶爾也會製造點意外讓我措手不及，有時候還會逼得溫吞的我不得不加快腳步向前衝。

咲良神色自若地從我的房間走出來。

『好臭。』

她邊說邊捏著鼻子。

『是嗎？妳來之前我有打掃過房間，還換了新床單，也有打開窗戶換過氣耶！』

『還是很臭。』

『怎樣的臭？』

『聞起來就像在烤肉店烤內臟時冒出的那股油煙味。』

什麼跟什麼啊！我假裝沒聽到。

『妳比喻得真好。』

老爸不幫我說話就算了，還稱讚她。

『那今晚為了慶祝咲良搬來，我們去吃烤肉吧！這麼一來，咲良就會慢慢習慣那股味道了。』

『太棒了，我正想吃烤肉呢！』

咲良邊說邊摸了摸肚子。

我不自覺地把鼻子湊近肩膀聞了聞。哪有什麼烤內臟的油煙味啊！

『咲良是在說，你是個臭男人。』

老爸看著我笑了出來。

『啥~哪是啊！』

『隼現在也算是半個男人了。』

『一個不小心……』

『就會變成野獸喔！』

『這我倒還沒看過。』

老爸和咲良在那裡一搭一唱，看了真教人火大，也不想想她可是個寄宿的人耶！

但咲良這個寄宿者還真是一點都不客氣，一般人在別人家吃飯吃到第三碗都會有點不好意思，她卻不知道已經嗑掉第幾盤烤肉了。而且還不是便宜的內臟，她專挑貴的點，像是上等牛小排、上等鹽味牛舌、上等腰腹肉等等。換作是我，一想到以後要麻煩別人，看到寫著『上等』二字的東西根本說不出口。

咲良，算妳狠。不過，看到她這樣我也放心了。看她食慾這麼好，體力應該不成問題。她大口吃肉的模樣完全不像是生病的人。幾千年前或是更早之前，人類是在怎樣的情況下才想到把生肉烤來吃呢？我想當時第一次吃到烤肉的人類，一定也是像此刻的咲良一樣吧！一臉幸福地咀嚼著上等牛小排。

隨她去吧！只要她身體健康就好。我把自己的份也給了她，這點犧牲算不了什麼。

我用泡菜和涼拌小菜配著飯吞下肚。體貼的老爸偶爾會夾幾塊烤肉放在我的飯上，不體貼的咲良卻把泡菜放在我的飯上，瀝乾湯汁後才放入嘴裡。

當晚，我鑽進還帶著點濕氣的備用棉被，隔著一道牆感受著咲良的存在。

不知道她睡了沒？

我想應該還沒，因為我好像看到了在黑暗中把身體縮成一團、低聲哭泣的咲良，耳邊彷彿還傳來了她的哭聲。

我拉開棉被，豎起耳朵聆聽。

老天爺～請讓咲良作個好夢吧！

許完願，我再次蓋上棉被，很快地就進入夢鄉。

半夜，在半夢半醒之間，我聽到廁所有沖水的聲音。在那之前，好像還聽到了痛苦的呻吟聲，但又不確定。隔天醒來，我早已忘了這件事。

15. 一定會很溫暖的

不知不覺已過了楓紅的時節。日復一日，腳下踩的落葉也積得越來越厚，秋意漸濃。因為每天都過得很平靜，讓我幾乎忘了現在已經是秋天。

咲良每天早上都會乖乖地吃完早餐才去上學。除此之外，她還是和以前一樣，心血來潮就會耍耍我、罵罵我，偶爾還會故意做些讓我不知所措的事。對於她的一舉一動，我只能乖乖照辦。不過，為了不讓她發現我是刻意遷就她，有時候我也會故意假裝生氣。

其實咲良都知道，只是她裝做不知道罷了。

我、咲良和老爸都告訴自己，咲良之所以搬來，只是因為宿舍剛好在整修之類的關係。

這段時間，咲良一直和茅野及橫濱兩邊保持聯絡，每星期也會上一次醫院，並且向老爸報告醫生說的話。

我知道有時候咲良放學後會偷偷回到宿舍，因為她宿舍的前輩、經常幫忙她的小光

有打電話告訴我。小光也知道了咲良生病的事，她非常擔心。

不管是誰遇到了這樣的情況，有時都會想一個人靜一靜，小光這麼說。

我默默點頭。雖然待在我們家，只要關在房間裡也沒人會去打擾她，但一想到還有我和老爸在，咲良可能還是會感到不自在吧！就算再怎麼不介意，那畢竟是別人家。要是待在宿舍，就可以完全獨處，縮在被窩裡，讓自己從不安中解脫。

就算再怎麼逞強，咲良也只是個十六歲的女孩子。

咲良，沒關係！妳就在宿舍的房間裡好好釋放不想被別人看到的自己，然後再恢復成平時的妳回到這裡。

雖然我很想待在咲良身邊拍拍她的背，握住她的手，用力抱緊她，但除非她主動開口，不然我只會靜靜待在一旁守護她。

我把所有的精神都投注在手球上，藉由運動身體來擺脫內心的不安。我覺得自己就像站在滿是枯葉的樹下，定睛一看就會發現名為不安的落葉不斷地飄落，要是放任不管，說不定我就會被淹沒。只有追球、接球、射門的時候，我才能暫時忘記心中的不安。

朝風同學還無法加入練習。但他恢復得很快，現在已經不必兩手都拄枴杖，而且只要扶著東西就可以靠自己的力量走路。先前因為缺乏運動而略顯消瘦的腿，也慢慢長出肌肉。看到他驚人的恢復力，讓同為十六歲的我大受激勵。

出雲還是那副浮躁的模樣，我知道他是個靜不下來的人。出雲身上總散發著一股正向的能量，嗯，說是能量又不夠貼切，除了力量，還帶著光芒的感覺。所以不管出雲做了什麼，大家也不會抱怨，只會露出苦笑，勉強接受。

一天就這麼過了一大半，練習結束之後，我覺得身體又累又沉重，內心卻輕鬆不少。

今天出雲也是速速換好衣服，一股腦兒地正準備衝出更衣室。

『各位，我先走囉！』

看到出雲如此匆忙，原本待在一旁看大家練習的朝風同學輕快地丟出一句：

『出雲，你要去約會啊？』

『嗯？』

出雲停下腳步，慢慢地回過頭。不知道是不是天冷的關係，他的臉頰還有些紅暈。

『我沒說錯吧？』

『呃，對啦！』

『這有什麼好隱瞞的？你打算什麼時候才要告訴大家？』

『你怎麼會知道？』

出雲並沒有否認，我和其他社員都嚇了一大跳。

『很明顯啊！你總是春風滿面的。』

朝風同學那神準的觀察力讓遲鈍的我馬上恍然大悟。

『原來如此，出雲的夢想就是交女朋友嘛！』

『你少囉嗦！』

雖然出雲怒視著我，眼神卻缺乏魄力。

『你幹嘛不說？』

『沒有啦！只是找不到適當的時機說。我也是用心良苦，怕說出來會刺激到沒有女朋友的其他人嘛！』

出雲的鼻孔撐得大大的，掩不住心中的得意。此刻我真想給他一個大擁抱，告訴他，恭喜你，你終於做到了！努力總算得到回報，只要堅持下去，夢想一定會實現。這世上果真有神明存在，出雲就是個最好的見證。

『太好了。』

我不禁脫口而出，但出雲的反應不太高興。

『我不想聽到隼對我說這種話。』

『幹嘛這樣？』

『像你這種平白無故就交到女朋友的幸運傢伙，怎麼會了解我的喜悅？』

『女朋友，你是說咲良喔？』

『不然還有誰？』

『咲良是……』

『是你的女朋友，對吧？』

朝風同學問我。剎那間，大家都朝我看了過來。

『那也要咲良同意才行。』

『隼說是就是啦！』

這……教我怎麼接啊？頓時我腦筋一片空白，不知道如何回話。就在這時候，朝風同學又把話題拉回出雲身上。

『對了，出雲打算什麼時候把女朋友介紹給大家認識啊？』

『……那，今天就先介紹給朝風同學認識，其他人改天再說。』

出雲的回答還算ＯＫ。反正他都這樣說了，大家也不至於非要他馬上介紹不可。得到大家的諒解後，朝風同學拄著枴杖往外走。

大家目送著朝風同學和出雲一起走出更衣室。出雲刻意放慢腳步，配合朝風同學的步伐。

後來，大家開始討論起出雲的女朋友。雖然我自認和出雲的關係不錯，卻一點線索也沒有。但我並不覺得他這樣很見外，因為我也有很多事沒跟他說。

像咲良搬到我家的事，我更是一個字都沒提。我想，每個人在高中時期應該都會有另一個自己。把個人的問題暫時擱在置物櫃裡，穿著制服混進人群當中。

離開學校後，我沒有馬上回家，而是先去了趟超市。今晚輪到我做飯。這陣子差不多是吃火鍋的季節了。

在車站附近和大家分開後，我身後突然被人踹了一腳，雖然力道很輕，但我還是差點跌倒。耳邊傳來噗嗤的笑聲，會用這種方式對我打招呼的人就只有她了。

原來是我傳說中的女朋友咲良。

『你要買菜的話，我想吃火鍋。』

『我也正有這個打算。』

『吃壽喜燒鍋吧！』

『預算有點不夠。吃豬肉好嗎？』

『好歹也煮個櫻鍋❶嘛！湯裡多放點味噌。』

❶因為馬肉色紅如櫻，所以馬肉鍋又稱為『櫻鍋』。

『這裡又不是長野，超市裡沒在賣馬肉啦！』

剛放學的咲良身上穿著制服，外面套著大衣。大衣的尺寸似乎大了些。因為天色已經變暗，我看不清楚她的表情，不過她的眼睛好像有點腫，也許她剛剛又跑去宿舍哭過了吧！其實煮壽喜燒鍋也沒關係，但我總覺得咲良並不想吃牛肉。

雖然搬到我家那天，咲良嗑掉不少烤肉，但她後來也有過沒什麼食慾的時候。我想還是煮個口味清淡的火鍋好了。

『我看就煮個豆漿火鍋吧！多放一點蔬菜。』

『啥~那肉呢？』

『吃魚比較好啦！放點鮭魚或鱈魚，再放不同種類的菇菇。』

『至少放點魚白吧？』

『嗯，那就放吧！』

看樣子，咲良也不是非得吃肉不可。希望她能多吃一些身體真正需要的食物，而且還要吃得快樂。我集中精神，飛快地思考著今晚的菜單。要讓咲良吃了會覺得身子暖起來。

走向超市的同時，我順便告訴了咲良那件事。

『出雲有女朋友囉！』

『那個矮冬瓜？』

『別這樣說，他稍微長高了啦！』

『長怎樣啊？真想看看。』

『應該說：對方是怎樣的女生呢？真想見見她。』

我糾正了咲良的說法。她的國文成績明明就比我好，那張嘴卻老愛那麼刁。

『說不定長得超可愛喔！』

『不知道，我也還沒見過。』

『假如她是個溫柔又聰明的女生，你打算怎麼辦？』

『不怎麼辦，我已經有妳啦！』

想不到我會說出這麼大膽的話，大概是剛才被朝風同學說的話刺激到了吧！

『喔～但我並不希望和隼扯在一起。真倒楣。』

咲良的口氣就像在說別人的事一樣，搞不清楚她說的到底是不是真心話。

唉！算了。

我沒回話，默默走進超市裡，把籃子放在手推車上。先去找蔬果區吧！買完晚餐的食材後，我們一起走回家。雖然這只是微不足道的小事，我卻感到無比的幸福。要是將來也能這樣就好了，當然這也得看咲良的意願。

朝風同學，這果然並不是我能決定的事。

但是，今晚可以和咲良在一起就夠了，親眼看到她身體健康的模樣，沒有因為貧血而昏倒。咲良拿起白蘿蔔打算朝我的頭敲下去，我趕緊一閃，卻還是被蘿蔔頭戳到腰側。好痛！

我要好好珍惜這一刻。

16. 走入歷史之前

轉眼間，冬天來臨了。

早上要從溫暖的被窩中起床就像是三溫暖後跳入冷水一樣，需要勇氣才辦得到。到了學校換室內拖鞋的時候，腳底一接觸到冰冷的地面，體內立刻竄起一陣刺痛。

街上早已營造出用紅、綠、白三色點綴的聖誕氣氛。

相較於外頭天氣寒冷，教室裡則因為暖氣而變得暖烘烘的。在暖和的空氣以及無聊的上課內容催化下，我產生了濃厚的睡意。

到了下午更是如此。好想變成一頭牛在草地上打盹，桌子就是那片遼闊的草地。要是可以一直睡下去，該有多好。

睡夢中，我這麼想著。

『黑木！』

耳邊傳來的呼喚聲，把我從夢中的草地拉回了現實。

我急忙抬起頭，下意識地做出擦口水的動作。

教日本史的是位上了年紀的老師，他的臉色看來不怎麼好。完蛋了！我趕緊把視線移往課本。一一九二年，鎌倉幕府成立。一三三三年，幕府滅亡。現在是二十一世紀。

『不用看課本了，先過來這裡一下。』

老師向我招了招手。這時我才發現，有位教職員站在離老師不遠處。我馬上站起來走上前，不是因為打瞌睡被抓包而感到心虛，而是我心裡有股不好的預感。

那個人湊到我耳邊輕聲地說：

『你家裡的人打電話到學校，聽說是有位親戚的女兒昏倒了，他們要你趕去這裡。』

接著他遞了張便條紙給我，上頭寫著醫院的名字和地址。那是咲良第一次接受身體檢查的醫院，就在她住的宿舍附近。

我全身寒毛直豎。教室裡明明很溫暖，我卻感到一股寒意。

『我知道了，謝謝您。』

『你還好吧？』

他一臉擔心地看著我，好像怕我也會昏倒一樣。我勉強擠出笑容，他才移開視線。

想必我剛剛的表情一定很糟。

我告訴老師：

『請您讓我早退。』

『去吧！趁還沒走入歷史之前。』

老師的話聽起來語帶暗示，但我現在沒有多餘的心思去想那代表什麼涵義。我點點頭，回到座位上迅速整理好書包後走出了教室。我全力奔跑，下樓梯時也是二階併一階地下。換好鞋子後，我往校門的方向使勁地跑，跑到一半才想起應該打個電話給老爸。

老爸很快就接電話了。

『隼，你現在在哪裡？』

『我剛離開學校。』

『這樣啊～咲良在教室裡昏倒了，送到保健室後卻還是昏迷不醒，所以學校就叫了救護車把她送去醫院。』

『咲良昏迷不醒？』

我握著手機的手忍不住顫抖。

『放心，她後來恢復意識了。本來她還不肯上救護車，但校方為了慎重起見，還是決定送她去醫院，所以她就指定要去那家醫院。』

『那就好。』

我大大地喘了口氣。

『老爸等會兒有個採訪要去，因為對方沒辦法取消。等採訪結束，我就馬上趕過去。』

『嗯，那我先過去看看。』

『拜託你囉！』

我使出全力跑向車站。雖然現在並不是分秒必爭的情況，但我想趕快飛奔到咲良身邊。坐上那班再熟悉不過的電車，在女生宿舍附近的車站下車後，我上了計程車，請司機載我到醫院。

大約花了快一個小時的車程。

到了醫院，我向櫃檯詢問咲良的病房。不過，在醫院裡不能隨意奔跑，所以我踩著忍者般的快步迅速朝病房前進。

一進到病房，我就看見了富士。這傢伙怎麼會在這裡？

『你來得還真慢。』

看到是我，富士就痞痞地走了過來。

『你怎麼會在這兒？』

『我可是衛生股長，當然要一直陪在咲良身邊囉！』

『咲良呢？』

我推開擋在眼前礙眼的富士往病房內走去。咲良就躺在病床上。不，應該說是很不高興地把臉埋在枕頭裡。

『你來幹嘛？』
咲良劈頭就丟出這一句。還好她沒事，但我還是有點小生氣，雖然明知道她說話一向都是這種口氣，可是看到別人為了她丟下重要的日本史課跑來這裡，說這種話不覺得很失禮嗎？
『唉！早知道就不來了。』
生氣歸生氣，我還是很快就消氣了，取而代之是放心的微笑。
『本來就沒什麼大不了的，只不過是輕微的貧血，幹嘛搞得好像有多嚴重。』
『才不是這樣哩！』
一旁的富士突然插話。
『妳午休的時候是突然昏過去的，我還是第一次看到有人這樣昏倒。而且妳全身都沒力了，我可是費了一番力氣才把妳送到保健室。可是妳一直昏迷不醒，所以學校才會叫救護車來的。不是我自作主張，是保健室老師做的決定喔！』
『那隼怎麼會來？』
『這也不關我的事，大概是學校聯絡了妳的監護人。咲良在東京的監護人不就是隼的爸爸嗎？』
『你在教室用幾張椅子讓我躺著休息就好啦！』

咲良用充滿埋怨的眼神瞪著富士。

『……』

富士吞了吞口水，一句話都不敢說，看來一向囂張的富士碰上強勢的咲良也無力招架。

我明白咲良為什麼會這樣，她希望這只是單純的意外。

『伯父也知道了嗎？』

咲良接著問我，眼神中又多了幾分恨意。

『我是接到老爸的通知才來的。』

『這下子，想瞞也瞞不住了。』

『他一定會聯絡茅野和橫濱兩邊的，說不定現在正在通電話。』

『看樣子我可能連你家也待不了了。』

『先別這樣想。』

我搖搖頭安慰咲良，只不過連我自己都覺得她說的很有可能。

富士拉拉我的袖子，小聲地問道：

『這是怎麼一回事？』

『可不可以麻煩你先到走廊等一下？』

起初富士聽到我的話還很不高興，後來或許是察覺到事態嚴重，就自動走出病房。

我走近咲良身邊。

『咲良，拜託妳跟我說實話，妳的身體到底怎麼樣了？』

『我很好！』

咲良故意不看我，敷衍地回答。

『我真的很擔心妳。』

『不需要你雞婆。』

『我就是會擔心，妳不要再逞強了。』

『我沒有！』

『妳有，妳一直在逞強。妳和我不同，妳一直靠自己的力量朝妳想要的人生努力邁進，會累是理所當然的。偶爾休息一下有什麼關係？』

『我不想休息。』

我不自覺地伸出手觸摸她的臉頰。熱熱的，不知道她是不是有點發燒。

『妳要是都不休息，我怎麼追得上妳？』

『我又沒要你追。』

『妳真的很愛逞強。』

咲良也伸出手放在我的手上面，她用指甲抓著我的手背。

『我好怕……』

咲良的語氣虛弱。只見她閉上了雙眼。

就這樣吧！我不會哭，我不能哭。掌心傳來咲良的體溫，我極力壓抑著想哭的衝動。

『我想睡一下。』

聽到咲良這麼說，我緩緩地將手從她的臉頰抽離。

『那妳睡吧！我去跟富士聊一下。』

咲良睡覺的身影看起來小小的。此刻我心底湧起一個強烈的念頭：不可以讓我和咲良的事走入歷史。

走出病房，我看到富士鬧彆扭似地站在走廊上。

『到底發生了什麼事？難道和暑假的時候，你和咲良吵著要不要接受檢查的事有關？』

『我們換個地方再說。』

我向富士使了個眼色，要他和我一起去休息區，邊走邊思考該用怎樣的說法來安撫他。

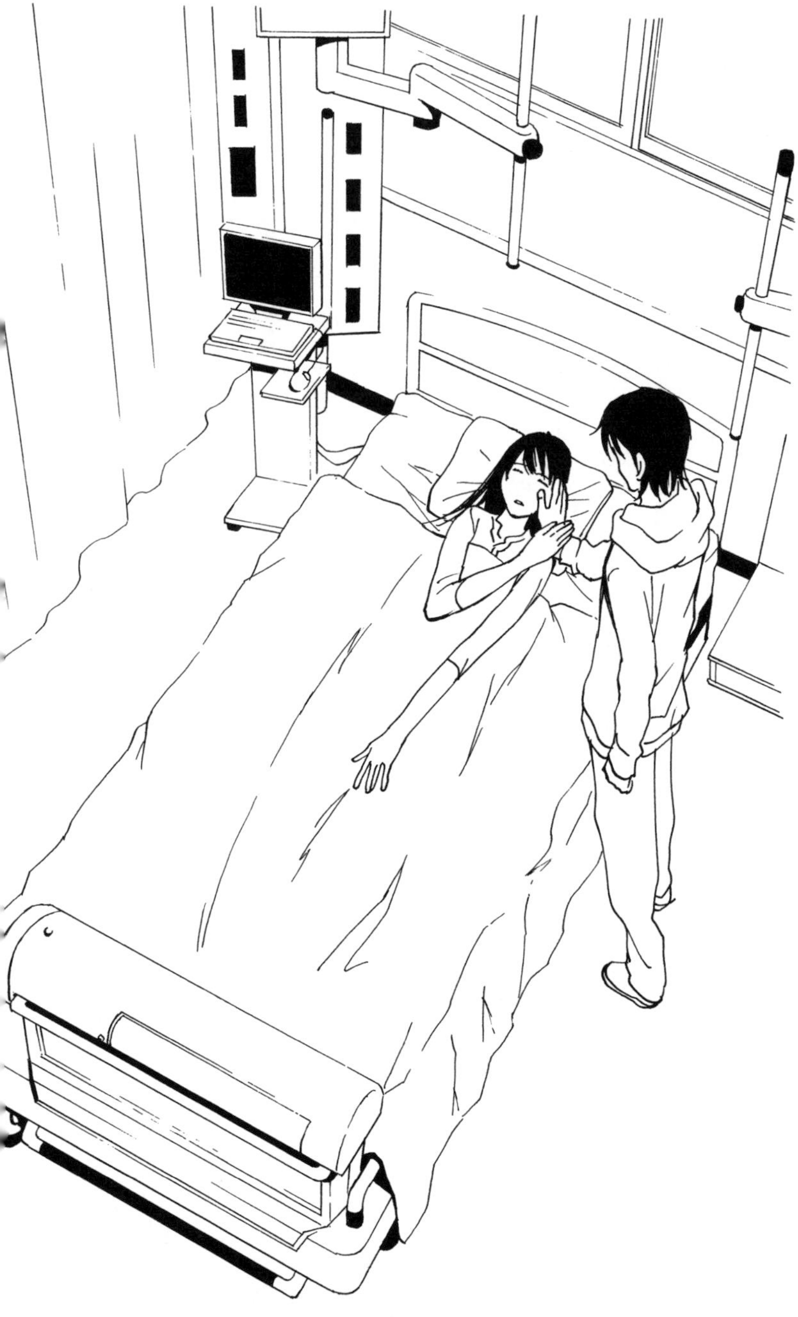

17. 等著妳回來

咲良回茅野了，但她對其他人都說是暫時回老家。正好年關將近，她就提早返鄉過年了。

當然，回茅野這個決定也是經過了一番爭執。本來那須先生認為咲良已經有固定看診的醫院，他可以接她到橫濱就近照顧，但咲良的媽媽堅決不肯讓步，甚至還提出監護權當後盾，所以那須先生只好作罷。

這次咲良完全無法表達意見。到最後她也放棄了，只好把氣出在把事情搞大的富士身上。只不過，為什麼連我也被牽扯進去？算了，就體諒她吧！只要她別氣到又昏倒就好，如果打我可以讓她消氣，那我甘願接受。

不過，富士也把我罵了一頓。他說都是因為我不夠可靠，我沒有反駁。幸好當時我們是在醫院的休息區說話，否則他一定會罵個沒完沒了。

銀河一定也很氣我吧！你為什麼沒有看好咲良姊？要是他這麼說，我也無力反駁。

我果然是個窩囊廢，連咲良都守護不了。

不去想辦法讓咲良留在東京，放任大人們去做決定。

其實，我偷偷想過回茅野對咲良來說才是最好的做法。在她身邊，我什麼都幫不上忙，回茅野的話，她的身邊有家人陪伴。雖然不知道咲良的想法，但她媽媽、藤森先生、銀河和小響都是她的家人，就算她再不願意，這麼做我也比較放心。畢竟我和老爸只是遠親，她實在不該繼續待在我們家，獨自與心中的不安奮鬥。

要是她對我撒嬌，我也會受傷。

關於自己的病情，咲良從來不肯對我說實話。有時候我發現她似乎不太對勁，但她總是一副無所謂的模樣。我雖然懷疑，卻還配合著她自欺欺人，我真是差勁！就算咲良不讓我問，我也應該繼續追問下去的。

咲良就是那麼愛逞強，而我偏偏就喜歡逞強的她。可是，她也不必逞強到身體都垮了。要不是那天聽到富士的描述，我都不知道咲良的情況有那麼嚴重。何必那麼ㄍㄧㄥ呢？

咲良昏倒的那晚，我用被子蓋住自己，隔著被墊用力地搥了地板三次。我好痛苦，我受不了了！

我喜歡咲良，如果說『愛』應該也不為過。因為就快要失去她，讓我更加清楚自己內心的情感。我想和咲良在一起，但我一點辦法都沒有。咲良不信任我，她孤單地活在自己的世界。

我哭了。

在醫院時，咲良對我說了『我好怕』。為什麼不早點告訴我？要是她早點說……也許到頭來她還是得回茅野，結果不會有任何改變，但我一定可以為她做點什麼。

我邊哭邊想起一件事。很久以前的某個夜裡，我也這樣哭過，在我很小的時候。

那天，我知道老媽再也不會回來，心裡就像被挖了個洞，洞裡躲著的黑蝙蝠發出刺耳的叫聲飛來飛去，還有地下水緩緩流動，我的眼淚就是從那裡不斷湧出。

我以為我早該忘了這段回憶。現在我了解老媽並沒有拋棄我，也明白老爸身兼母職的辛苦，然而理解這些事必須經歷相當的時間，這段時間讓還是小孩子的我長成了比老爸還高的少年。

這次變成咲良離開我。其實搭SUPER AZUSA只要兩小時就可以到茅野了，當天來回都不成問題，但我還是覺得相隔遙遠。要感受咲良的氣息，這樣的距離太遠了，對我來說，茅野和冥王星根本沒兩樣。

咲良隔天就出院了，而我還是照常上學、去社團練習。咲良的爸媽都來了，爭執了好一會兒。因為不想被咲良看到我哭過的樣子，我盡可能和她保持距離。咲良好像也在躲著我。

三天後，咲良回茅野了。

那天，我幫她搬行李，順便送她到新宿車站搭車。這已經不知道是第幾次了，但是這次比較特別。

『過完年，我又會回來麻煩你囉！』

咲良壓低音量不想讓她媽媽聽到。她口中吐出白氣。

『嗯，我等妳回來。不過，別勉強自己。』

我縮起肩膀一副很冷的樣子，點了點頭。我知道她不可能馬上回東京，咲良自己也很清楚。

『你這話什麼意思？好像很不希望我回來喔！』

『我哪有？只是……』

『只是什麼？』

『只是在東京，妳就會變成孤單一個人。』

『聽不懂你在說什麼。』

『我希望可以變成支撐妳的力量。』

『……』

『回到茅野以後，如果很痛苦，一定要說出來。自己默默忍耐對病情沒幫助，而且妳也不會比較快樂，不是嗎？』

SUPER AZUSA進站了。前方的車廂通過眼前，夾帶著一陣風撫過臉頰，就像把長野的冬天也帶來了一樣。

『我……』

咲良的話被車輪駛過軌道的聲音和冷風完全蓋過。不過，也許她什麼都沒說。

『這陣子謝謝你們的照顧，請代我向你父親表示謝意。』

咲良的媽媽連忙點頭致意。她似乎想趕快帶著咲良上車，不是因為天氣冷，而是想快點把女兒帶回自己生活的地方。

『很抱歉沒幫上什麼忙。』

這不是客套話，是我發自內心的歉意。

『也請你常打電話給咲良。有空的話，歡迎你來玩。』

『是，我知道了。』

車門打開後，咲良的媽媽慌慌張張地從我手中接過行李，進入車廂。

跟在她身後的咲良腳步有些遲疑，像是有東西忘了帶一樣，走進車廂後又突然回過頭，說：

『記得打電話給我。但是不要來找我，因為我會再回來。』

『好。』

我也希望可以那樣。雖然我相信咲良的病會好，但我總覺得她再回東京的機會很渺小。
咲良會不會踹我呢？
我帶著期待，但她就那樣進了車廂。要是她踢我就好了。要不，大聲地喊我窩囊廢也行。
透過起霧的車窗，咲良的身影變白、變模糊了。
我待在月台上等列車開走。
車門悄悄地關上了，列車安靜地移動。隔著車窗，咲良的媽媽再度點頭致意。我向咲良揮揮手，但她連看都不看我一眼。
我緊盯著漸漸遠行的列車，暗自祈禱它別像銀河鐵路一樣消失在天際。

18. 聖誕老人、眾神啊！請幫幫我！

這陣子不管走到哪兒，都會聽到與聖誕節有關的歌曲。聖誕夜當晚，我早早就上床睡了。咲良回茅野後，我就從置物間搬回了房間。躺在前不久她才睡過的床上，我拿出一只新買的襪子，從筆記本撕了一張紙寫下聖誕願望後，放進襪子裡，收在枕頭下。

『親愛的聖誕老人，我什麼都不要。請您把健康送給咲良。』

其實我早就知道這世上沒有聖誕老人，那都是老爸扮的。

今年我家的聖誕大餐，是加了很多雞肉的咖哩和附近蛋糕店賣剩的布丁。餐後，老爸並沒像往常那樣扮成聖誕老人，直接給了我一萬圓的現金當禮物。

『別說老爸沒誠意喔！這錢是給你買去茅野的來回車票，可能還有點差額，不過那點錢你應該有吧！要是你不想等到領新年的紅包，就先拿這筆錢去吧！』

『謝謝老爸，可是我不去。』

『怎麼，手球社連放寒假都要練習啊？』

『那倒不是。因為我和咲良約好了，我答應她不去茅野找她，留在東京等她回來。』

我三不五時會和咲良通電話，她的聲音聽起來很有精神。假如打去時是銀河接的，我就會問問他咲良的情況。據銀河的說法一切都算正常，還沒昏倒過，只是他的語氣總讓我覺得有些含糊，或許是咲良對他下了禁口令，也有可能是銀河怕自己說錯話會害到咲良。

『這樣啊，你決定就好。』

老爸刻意不回應咲良是否來得了東京這件事。

我也趕緊轉移話題。

『今天不必和瀨戶老師約會嗎？』

『聖誕節本來就是要跟家人過的節日啊！』

『幹嘛逞強。』

『哪有。反正再過幾年，我們就可以三個人一起過啦！』

『說不定那時候我就不在了。』

『喔，你已經打算和咲良共組另一個家庭了嗎？』

我歪著頭不發一語。並不是因為被老爸取笑而心情不好，也不是因為害羞。老實說，將來的事我到現在都還沒個底。再過一星期就是新的一年，我卻還漫無目標。

要是老爸真的和瀨戶老師再婚，那時候我會變得怎麼樣呢？還有咲良呢？

隔天早上醒來，我的襪子還是老樣子。也對，我也不是小孩子了，早該明白根本沒有聖誕老人的存在。

今天寒流來襲。天氣預報說今天茅野一帶會下雪，不曉得咲良家那邊會不會下大雪，把她家的屋頂都壓垮了？我好想咲良，忍不住撥了通電話給她。

『我沒收到聖誕禮物喔！』

電話接通後馬上冒出這一句。明知道咲良最愛這樣挖苦人，我還是嚇了一跳。難不成咲良知道我向聖誕老人許了願嗎？

為了不被她發現我的不安，我立刻回答：

『我也沒收到啊！』

『現在不就收到了？我甜美的聲音。』

『只有聲音啊！』

『你有什麼不滿嗎？』

『我也想看看妳的臉。我老爸有送我聖誕禮物，去茅野的車錢。』

『……隼，你再等一等。』

我相信咲良一定會好好照顧自己，她也不想讓我看到她憔悴、消瘦的模樣。我只能祈求她早日恢復健康，這樣她媽媽才會同意讓她回東京。

『茅野那邊下雪了嗎？』

『我家這邊是還好。八岳山那邊已經是一片雪白了。』

『一定很冷吧！』

『是挺冷的。』

咲良的口氣，讓我覺得茅野的冷風好像從電話那頭灌了進來。

『那我再打給妳。』說完這句，我便掛上了電話。

很好，一萬圓省下來了。

寫完賀年卡後，開始進行大掃除，今天我比往常還要認真。之後和老爸去逛年貨大街，買了足以做兩層方木盒的年菜食材。

除夕這天，我接到朝風同學的來電，他約我去做新年參拜。也好，既然聖誕老人無法實現我的願望，那就趁著新年參拜，去神社向眾神們許願吧！想到這，我馬上答應了他的邀約。

除夕當晚，我來到約定碰面的地方，現場擠滿了要參拜的人。放眼望去一大片身穿大衣的人潮中，摻雜著不少穿著和服的身影，果然很有新年的氣氛。今年我也得再長大些，不知道會不會又長高到得讓老爸幫我買新鞋？

朝風同學總算出現了，他今天沒拄柺杖。

『你不用拄枴杖啦？』

『是啊！以後你們叫我跑我就跑，叫我守球門我一定牢牢守住。』

『恭喜你！』

『現在說還太早，留到等會兒過了十二點再說也不遲。』

『喔，對喔！那就改成真是太好了。』

『我也很感謝上天讓我可以活著迎接新年。所以今天與其說是新年參拜，我倒是懷著謝神的心情來的。雖然不知道是哪位神明的保佑，但我想來拜一下總是比較心安，順便告訴神明我已經痊癒，不必再拄枴杖了。』

我再次低頭看了看朝風同學的腳。現在他正穩穩地用自己的雙腳站著，雖然這並不是多了不起的事，但我卻有種像是看到奇蹟發生般的感動，頓時全身起了雞皮疙瘩。我想起卡通『小天使』裡，海蒂看到好友克拉拉可以站起來的時候，興奮地大叫。此刻我也好想大叫：朝風同學可以走路了！我想咲良應該也會這麼想。

『等會兒還有兩個人要來。』

『一個是出雲嗎？』

『嗯，還有一個是……』

我原以為是手球社的某個社員，但朝風同學卻沒有再接著說下去。

其實只要想一想就猜得出來，但我現在滿腦子都是咲良的事，實在沒有多餘的心思去猜。難不成是瀨戶老師？我開始胡思亂想起來。

因此，當我看到本人時相當驚訝，就像看到什麼超自然現象一樣。

『你那是什麼表情啊！』

姍姍來遲的出雲故意裝出很不爽的口氣。

嚇到我的不是出雲，而是他身旁竟然有個女孩。那女孩很可愛，身高和出雲差不多，就女生的平均身高而言是高一些。俏麗的短髮，劉海梳得很整齊。或許是戴眼鏡的關係，感覺像是活潑的文科女生。

她就是出雲的女朋友啊！

『你好，我叫瑞穗。我和出雲同一個補習班。』

那女孩大聲地介紹自己。出雲接著說：

『這是朝風同學……咦～你的枴杖呢？』

『收起來啦！』

『太棒了。這下守門員終於回來了，那我就可以安心射門了。朝風同學不但是我們隊上的守護神，還是總司令。發號施令這種事，我真的做不來。這麼一來，明年我們肯定可以參加高中聯賽。』

出雲自顧自地興奮起來，完全把我晾在一旁。名叫瑞穗的女孩主動對我說：
『你是隼對吧？你看起來一點都不像是窩囊廢啊！』
『呃……謝謝。』
真尷尬。我一臉不知所措地回應她。
『啊，就是這樣才被叫做窩囊廢的吧！』
『對對對，他老是那副恍神的癡呆樣。』
出雲在旁邊一搭一唱。算了，看在他女朋友的分上不跟他計較。
『不過，我聽說隼有女朋友，對吧？好像叫做咲良？她今天沒跟你一起來嗎？』
出雲~你真是個大嘴巴。
『咲良不是我女朋友啦！她回長野的老家了。』
『是喔，我還很期待可以見到她呢！』
『以後還有機會啦！』
我含糊地帶過。咲良生病的事，我對他們隻字未提。
『走吧！大家好像都在排隊了。』
在朝風同學的催促下，我們加入新年參拜的隊伍中。
朝風同學擺脫了不幸；出雲得到幸福。這次換我——不，應該是換咲良了。

到了凌晨十二點，參拜的隊伍才緩緩前進。好不容易輪到我，走到香油桶前時，我的身體早已凍僵，參拜的興致也少了一大半。

不過，我還是很認真地向神明許願。雖然只投了五百圓的香油錢，但我非常虔誠地參拜，搞到連初次見面的瑞穗都忍不住好奇了起來。

結束參拜後，我們一行人又去排隊等抽籤。這時瑞穗問我：

『你剛剛向神明許了什麼願啊？』

『嗯，就一些事。』

『這傢伙煩惱一堆。』

出雲硬是打斷我和瑞穗的對話，一旁的朝風同學面帶微笑地看著我們。也許是剛剛參拜太過投入，現在很想放鬆一下。念頭一轉，我想來捉弄一下出雲。

『是啊！我又不像出雲這麼幸運，總算完成了這十六年來的願望，交到一個這麼可愛的女朋友。』

『你說什麼！』

出雲既尷尬又生氣。

『我知道出雲許了什麼願。他希望能再長高一點，對吧？』

聽到瑞穗的話，出雲頓時啞口無言。看來，出雲已經被瑞穗吃得死死的了。雖然他

們不像我和咲良那樣，但很明顯的是瑞穗佔上風。出雲以後可有苦頭吃囉！

不過，他應該會很心甘情願。

後來我們各自抽了籤。

朝風同學是『吉』。

瑞穗是『小吉』。

出雲是『凶』。

『搞什麼啊！這是什麼爛籤，一點都不準。』

看到出雲抽的籤讓我感到不安。但仔細想想，籤桶裡本來就沒幾張『凶』的籤，既然出雲抽到了，我抽到的機率應該不會太大。

結果，我抽到『大吉』。

我邊露出得意的笑容，邊唸出籤詩的內容：

『貴人　自遠方而來。』

『疾病　只要靜養就會痊癒，但需小心意外。』

其他我都不管了，我只相信『痊癒』兩個字，而且這還是『大吉』呢！不過，我的『大吉』卻讓出雲很不是滋味。他馬上潑了冷水，說：

『大吉又怎樣？小心樂極生悲變大凶。』

19. 絢爛光芒中，白雪紛飛的八岳山

人在東京的我，心裡卻老惦記著茅野的冬天。

當我在電視上看到在雪山遇難的人以及一片銀白的八岳山，整顆心都定格在那樣的畫面。雖然咲良家不在山腳下，而是在山下的盆地內，應該不會那麼嚴重。而且因為地球暖化的關係，今年冬天的氣溫也比往年都溫暖許多，咲良家附近的諏訪湖也有好幾年沒有完全結冰了。

即使如此，我卻還是一直想到咲良窩在下著暴風雪的山中小屋裡，手裡握著冒熱煙的杯子，等待春天的來臨。

今年過年，老爸給了我一個大紅包。但並不是因為他工作順利、薪水變多的關係。而是他又多接了一些工作，為了替我存上大學的學費。雖然老爸嘴上說『最好不要重考，盡可能考上國立大學』，心裡還是很替我著想。今年春天，我就升上二年級了，也是該為將來好好打算的時候了。

將來啊……我的目標是什麼呢？

腦中浮現了咲良的臉。

我一直壓抑著想去找咲良的念頭。雖然我不太相信新年參拜抽到的籤，但我決定相信咲良，留在東京等她。和咲良通電話時，她的語氣顯得格外煩躁，大概是想到新學期就要開始了，自己卻還不能回學校上課。咲良的媽媽堅持要她在茅野留到四月，就算咲良的身體狀況允許或醫生診斷ＯＫ，她也不肯讓步。雖然上課的進度可以問富士，但咲良很擔心會這樣一直被留在茅野。

咲良說，富士告訴她就算晚一年復學也沒關係，這話從失去姊姊的富士嘴裡說出來難免有些沉重。『咲良就算沒到學校上課還是可以考到好成績，別太擔心。』我想富士可能會這樣安慰她。但我想富士也不是隨口說說，畢竟他和咲良同校，應該很了解咲良的實力。

反觀我，就沒辦法像富士那樣給咲良適當的意見，我只好祈求她能順利升上二年級。但我希望她不要勉強自己。說穿了，我的想法一點都沒有實質幫助。

老實說有好幾次，我都很想衝到茅野找咲良，有一次甚至還去了新宿車站。只要看到咲良的臉，我就滿足了。咲良呢？看到我的臉，她大概開心不起來吧！因為看到我會讓她想起東京。雖然我看起來一點也不像住在東京的時尚男孩，但我的存在的確會讓咲良聯想到東京。看到我只會讓她感到心煩意亂，並不是以戀人的身分，而是東京的象徵。

所以我才會那麼猶豫不決。

假如我堅信自己對咲良來說是無可取代的重要地位，一定會馬上搭SUPER AZUSA到茅野找她。

然而，我的存在只會讓她感到不安。既然如此，我只好忍耐。反正總有一天，她一定會回到東京。

今年的冬天真是難熬，對我來說是充滿試煉的季節。看來，窩在下雪的山中小屋裡等待春天來臨的人應該是我，不是咲良。我變得不太愛說話。在手球社的時候還是會和大家哈啦幾句，其他時間——例如待在教室的時候——經常是悶不吭聲地發著呆。

只有和出雲在一起的時候，我才會變得有精神一點。交到像瑞穗那麼可愛的女朋友，讓出雲身上不時散發著耀眼的光芒。待在他身邊，讓我覺得覆蓋在心裡的烏雲也消散了許多。出雲本人倒是一點都沒感覺。真是個幸福的傢伙，完全看不出來別人正處於痛苦之中。他大概只覺得我和平常一樣又是一副恍神的模樣。真羨慕他的遲鈍。

自從新年參拜後，我和出雲、瑞穗一起出去過幾次。本來我還在想會不會打擾到他們約會，但出雲都沒多說什麼，也許是還不習慣和女生單獨相處，所以找我去幫忙緩和氣氛。瑞穗也從來不覺得我礙事，或許對從小就一直唸女校的她來說，像我這樣的男生

就像稀有動物一樣有趣吧！待在這對令人羨慕的情侶身邊讓我覺得充滿活力，像是去了趟當天來回的沖繩之旅或夏威夷。

只不過，我很怕他們問我關於咲良的事。

『她因為腳骨折，回老家休息一陣子。』

我借用朝風同學的事扯了個謊，還好出雲沒有起疑。

『又是腳骨折。這陣子流行腳骨折嗎？』

出雲的這番話引得瑞穗大笑。出雲真幸福，我也覺得自己感染到他的幸福。

『那你不打算去看看咲良嗎？』

瑞穗直截了當地問道。

『她不希望我去看她。』

這句話一半是真的。

『喔~我大概了解咲良的感受。她不想在喜歡的人面前表現出脆弱的一面。』

我帶著複雜的情緒，曖昧地搖了搖頭。

『等咲良的腳好了，找一天，我們兩對來個四人約會吧！』

『出雲大概不想吧！』

『是啊！那女人嘴巴壞，個性又差。』

『咲良是出雲的天敵。』

『那我越來越想見到她了。』

嗯，找一天來個四人約會。在絢爛的光芒中，我隱約想起白雪紛飛的八岳山。

20. 第十六個情人節

二月十四日，情人節。

這我當然也知道，但這天對我來說沒有任何意義。或許是我刻意忽略了它的意義。以前我也收過巧克力。雖然沒有明確的記憶，但聽老爸說，我唸幼稚園的時候是個開朗、活潑的小男生，那時就收過不少巧克力。至於數量是多少，老爸也忘了。

記得從國小高年級開始，我就沒再收到老媽以外的女性送的巧克力。本來就沒什麼長處的我，在老爸、老媽離婚後，個性就變得內向、孤僻，難怪會收不到巧克力。

因此，即使情人節對於進入青春期的人來說，就像巧克力的熱量般不可小覷，但我從沒對二月十四日有過任何甜蜜或苦澀的回憶。

本來我也覺得無所謂，反正我沒有特別想收到某人的巧克力——直到遇見了咲良。因為沒有特別親近的朋友，所以就算沒收到巧克力，我也不會覺得難過。

去年情人節正好遇上咲良考高中的事，根本沒那個心情去想什麼過節。

看來，今年大概也收不到巧克力了。如果咲良還在東京，也許我還會有點期待，但以她的個性，不可能特地從長野寄巧克力給我，況且她現在也沒那個心情。

情人節當天，氣溫依舊寒冷，我縮著肩，小跑步去上學。上課時在暖氣的催眠下打了瞌睡，放學後一如往常去了社團。白天在教室、中午在樓梯間都看到了女生送巧克力給男生的畫面，但我並沒有特別的感覺。

對喔，今天是情人節嘛！

就只有這樣。就像看內容枯燥的新聞介紹非洲某個國家的風俗習慣，瞥一眼，看看就忘了。

不過，我倒是想起了咲良，不知道她現在在做什麼。

今天對我來說不過是冬天裡的某一天，然而，出雲就顯得亢奮多了。

『朝風同學，你今年拿到幾個啊？』

一到社團，趁著大家集合之際，出雲迫不及待地問了這個問題，就像在問別人成績單拿到了幾個A一樣。朝風同學也很坦然地回答：

『目前為止五個。』

出雲聽了倒抽一口氣。也許是太過驚訝，他嘴裡發出了模糊的氣音。驚訝歸驚訝，但他還是一臉從容，畢竟今年他至少可以收到一個巧克力。

『哪一個才是你真正喜歡的人啊？』

『對我來說，每個女生都很好。』
『那你決定和哪一個交往？』
『我沒那種打算。拒絕別人的心意很失禮，所以只要有人送我就收下。』
『跟我說一下有誰送你嘛！』
『這涉及個人隱私，我不方便說。』
『真好，我也好想說說這種話喔！』
出雲的語氣似乎透露著什麼。
『如果可以像出雲一樣收到喜歡的女生送的巧克力，才教人羨慕。』
朝風同學的回話正好如出雲所願。不過，他似乎邊說邊看了我一眼。
『嗯，你說得也對。雖然只有一個，但一個就已經足夠了。』
『是啊！一個就已經足夠了。』
『那朝風同學不就是過多了。』
『這樣我就算被困在雪山也不用擔心啦！』
『這裡是東京耶！只要一個巧克力就足以抵抗寒冷。不過啊，拿到巧克力的感覺還真不錯，啊哈哈！』
出雲此話一出，讓現場氣氛頓時變冷。就算練習得再努力，手球這種非主流的運動還是吸引不了女孩子的注意。不過，出雲交到女朋友這件事，還是讓想靠手球交到女朋友的社員們燃起一線希望。雖然不知道出雲的女朋友是不是因為手球而喜歡上他，但他這種兜圈子的自誇方式還是不免讓人反感。

練習時，也只有出雲特別起勁。他越是賣力，其他人就越提不起勁。我還是默默地練習。雖然怕冷，身體卻很想動一動。過去因為長高令我感到困擾的背痛已經消失了，但我隱約感覺到身體的某個部分正在成長，食慾也變得比以前好，

要是朝風同學把他收到的五個巧克力都給我，就算會因為吃太多而流鼻血，我也一定會全部嗑光。

不過，看出雲運動得那麼起勁，拚命消耗熱量的模樣，他是以為會收到多大的巧克力啊？

中途才到社團的瀨戶老師，看到出雲亢奮的舉動也不禁起疑。過了一會兒，只聽到她冷冷地說：

『出雲，你是不是交女朋友了？』

『老師，這是我的個人隱私喔！』

出雲臉上明明就寫著『沒錯』兩個字，還故意學朝風同學故弄玄虛。

社團結束後，瀨戶老師叫住了我。

『隼，換好衣服後到辦公室來一趟。』

『呃……好。』

去辦公室做什麼？我帶著疑惑，晚大家一步走進更衣室。

到了辦公室，瀨戶老師又叫我去走廊等她。隨後出來的瀨戶老師手上拿著一個小紙袋。

她用手推著我的肩膀離開辦公室，把我帶到走廊的轉角處。尷尬的是，瀨戶老師的D罩杯一直碰到我的背。她不但是手球社的顧問，還是老爸目前交往的對象，她的D罩杯讓我心中起了複雜的感覺。瀨戶老師看了看四周，放學後的走廊上沒有半個人影。

『給你。』

她把紙袋塞到我手裡。

『這是什麼？』

『幫我交給他。』

『啊？』

『別問了，幫我交給你老爸。』

老爸，這是我對父親的稱呼。一直以來我都是這樣叫他，沒想到瀨戶老師也是這樣稱呼。看來他們倆的感情的確很好。

『難道這是……』

『我親手做的。』

我不禁看著瀨戶老師的手，那雙大大的、不太像女人的手，打手球很適合，但做甜點好像有點怪。

『快收起來。』

在瀨戶老師的催促下，我趕緊把紙袋塞進包包裡，不過心裡卻感到很納悶。

『老師為什麼不自己送給老爸？』

『我今天有事，待會兒有個聚會。』

『那妳可以明天再給啊！巧克力應該不會融化。』

『反正拜託你了。』

瀨戶老師雙手合十，輕聲地向我請求。

她這模樣還挺可愛的，我只好點頭答應。

『我知道了。』

『很好。』

一聽到我同意，瀨戶老師馬上恢復成以往的表情。

『那你快回家，別在路上逗留喔！』

瀨戶老師轉身大步走向辦公室。

『唉！為什麼我得當信差？真倒楣。』

忍不住嘆了口氣。

瀨戶老師人不錯。如果老爸真的想和她再婚，我不反對。不過，她好歹也是我學校的老師，神經卻那麼大條，不了解青春期的男生是很敏感的。

雖然我不反對，但為了避免日後一些尷尬的場面，他們的事我也不想多管。

而且，光是咲良的事就夠我受了。我想瀨戶老師應該也從老爸口中知道了咲良的事。所以，我可沒向他們一樣有過情人節的興致。

走出學校以後，我突然想繞繞路。我不想就這樣直接回家把瀨戶老師做的巧克力交給老爸。當然，我還沒有大膽到想把巧克力丟掉的地步，今天我一定會交給老爸，只是在那之前，我得先調適一下心情，要不然我可能會對老爸亂發脾氣。先到街上轉轉，收拾好自怨自艾的心情再回家吧！

雙腳不自覺地往車站的方向走去，或許我是想藉由熱鬧的人群來忘卻孤單。

沒想到，卻在車站附近遇到了熟人。難道是上天刻意的安排，要我接受這殘酷的命運？

我遇到了出雲和瑞穗。

本來想趕快閃人，卻還是被抓包了。

『隼，你在這兒幹嘛？』

『你和咲良約在這裡碰面嗎？』
『沒有啦！』
我用力搖搖手，連忙否認。
瑞穗的手勾著出雲的手臂。我看了看出雲的包包，裡頭裝著瑞穗送的巧克力嗎？我的包包裡也裝了一個巧克力。
『那你要去哪？』
『呃，我有點事。』
『咲良沒送你巧克力嗎？』
『她才不會送我。』
『是喔！為什麼不送呢？』
『那女生本來就是個怪咖，跟妳完全不一樣啦！』
出雲一臉得意，邊說邊戳了戳瑞穗。
好肉麻，我看不下去了。不，是不想看。正當我想著該用什麼理由離開時，手機響了。
來電鈴聲是女神戰記！
不會吧！這個鈴聲是咲良擅自設定的，她專屬的來電鈴聲。這件事出雲並不知道。
『抱歉，我接個電話。』

我慌慌張張地接起電話。

『喂。』

『你現在在哪裡？』

『在我家附近的車站前。』

『是喔！那正好。』

『妳在家嗎？咲良。』

糟糕，我怎麼把名字說出來了？果然，一旁的出雲和瑞穗馬上眼睛一亮。不過，我現在也顧不了那麼多了。

『不是。』

『那是在？』

『我快到八王子車站了。』

什麼？我握緊差點掉落的手機。

『妳剛剛說什麼？』

『我現在人在SUPER AZUSA上。』

『妳一個人？』

『嗯。到新宿車站來接我。』

電話馬上掛斷了。頓時，我腦中一片空白，然後陸續出現許多想像，就像在玩支援前線一樣，陷入一片混亂。

一回過神，看到出雲和瑞穗正朝著我偷笑。

『看來你要收到巧克力囉！』

這也難怪出雲會誤會，因為我沒把咲良的事告訴他。

『是嗎？總之，我得先趕過去了。』

『恭喜啦！』

出雲抬起下巴示意要我快去。

『那我先走了，再見。』

壓抑著興奮的心情，我一邊告訴自己咲良的車沒那麼快到新宿車站，一邊走向售票處。

21. 最初，也是最後

這不是我的幻覺。

雖然這個景象，我曾經想像過好幾遍。看著眼前緩緩進站的SUPER AZUSA，我的內心充滿期待與不安。

車廂上隨處可見雪花凝結成的冰。SUPER AZUSA從遠方的寒冷國家把咲良帶到了我身邊。

就像在看慢動作畫面一樣，列車慢慢地停止，我的心跟著狂跳起來。我全身湧起一股急躁的情緒，雙眼緊盯著車門，試圖從人群中尋找咲良的身影。

等到人潮逐漸散去，咲良才從空盪盪的車廂內走了出來。

她身穿大衣，肩上揹了個大包包，頭髮比之前長了些。或許是心理作用，我覺得她的臉頰有些消瘦。儘管如此，那雙烏溜溜的大眼睛仍舊透著傲人的光彩。

沒錯，真的是咲良。

『我回來了。』

『歡迎妳。』

許久未見的我們互相打了聲招呼。咲良回來了，她回到東京了。我在心底暗想，她終於回到我身邊了。

接過咲良的包包，我不假思索地往自己的肩上掛。咦？比我想像中的來得輕。

本來想問她，最後還是作罷，因為我看到她刻意迴避的視線。

『妳累不累？』

『還好，也才坐了兩個小時的車。』

『也是。接下來怎麼辦，妳要來我家嗎？還是先找個地方坐下來喝杯茶？』

『我要去宿舍。』

難道……我腦中閃過一個念頭，想了想，接著對咲良說：

『……我比較希望妳來我家。』

咲良動了動右腳，準備要踢我了。雖然我心裡想著就乖乖讓她踢，身體還是下意識地躲開了。

咲良咬著唇，一臉不甘心。

我趕緊為自己辯解。

『我還滿了解妳的嘛！』

『了解我要踢你？』

『畢竟我們也認識了一段時間啊！』

嗯，差不多快兩年了。說長不長，說短不短，是一段濃縮了很多回憶的時間。

『明明就是個窩囊廢。』

又是這句讓我又恨又懷念的口頭禪。我指了指月台邊的樓梯催促她向前走，並說：

『我家比宿舍溫暖多了。』

正當我邁步向前走的時候，咲良突然停下腳步，說：

『去哪兒都好，我只希望你別一副小心翼翼的模樣。』

『我沒有啊！』

『你有。打從我一下車，你就一直拿我當病人看。』

『我真的沒有。』

『……雖然我的確是個病人。』

咲良的包包差點從我肩上滑落。是我聽錯了嗎？

咲良說自己是個『病人』。

我不想看到這麼懦弱的咲良，卻又想緊緊抱住她。我先把內心複雜的情緒擱在一邊，努力打起精神看著她，試著放鬆嘴角的肌肉露出微笑，盡量保持自然的態度。

『是啊！雖然妳是個在養病的病人，看起來卻很有精神。』

咲良的右手動了動。她打算揍我嗎？如果是，這次我不能再躲開了。我用力站穩腳步，停止微笑，嘴角繃緊，連眼睛都閉上了。

我好不容易做好了被揍的準備，咲良卻沒動手。

我悄悄張開眼，只見她把右手放在大衣的口袋裡。

『你以為我要揍你啊！』

『嗯，根據以往的經驗嘛！』

『看來，你還不夠了解我。』

咲良緩緩地搖搖頭。

『或許是我們認識得還不夠久。』

『誰知道呢？』

咲良說完，將右手從口袋抽出。原本鬆了一口氣的我來不及反應，整個身體誇張地向後仰。

但是完全沒有痛的感覺，取而代之的是咲良的大笑。

仔細一看，她的右手既沒握拳也沒揮過來，只靜靜握著一個綁著蝴蝶結的盒子。

『拿去。』

『給我的？』

咲良微微動了動脖子，像是點頭。她大概是不好意思吧！這麼說來——

『難道這是……』

『你別誤會，因為剛好今天是二月十四號。』

咲良送巧克力給我！情人節的威力果然驚人。還是說，這是天地變異的前兆？

『謝謝妳。』

我戰戰兢兢地收下那盒巧克力。

『這是第一次，也是最後一次了。』

『啥？』

我偷偷看了她一眼，她的眼神中閃過一絲陰影。

『這麼丟臉的事，我以後不會再做了。』

原來是這個意思，害我嚇了一跳。看來我對『最後』這兩個字太敏感了。

『我可以現在打開嗎？』

『等會兒再開啦！這裡好冷。』

咲良往樓梯的方向走去，我只好拿著巧克力追上去。

『快點收起來。』

被她這麼一說，我邊下樓邊打開包包，裡頭裝著瀨戶老師要我轉交給老爸的巧克力。眼尖的咲良也看到了。

『原來還有其他女生送你巧克力啊！』

她的口氣聽起來似乎毫無興趣，真是冷淡。雖然我不期望她會嫉妒，但好歹也表現出驚訝的表情嘛！我有些不高興地側過身，說：

『就是啊！』

我故意含糊帶過。

下完樓梯，咲良邊直視前方邊問：

『她很可愛嗎？』

『D罩杯。』

『什麼跟什麼？』

『出雲對她的評價很高。』

『喔～』

『我老爸也是。』

『……？』

咲良斜眼用一副『少裝模作樣了』的樣子看著我。看來她還是很在意嘛！我很滿足，就算之後被笑也無所謂了。

『是瀨戶老師，她拜託我幫忙轉交給我老爸。』

『原來你只是個跑腿的啊？』

『妳這樣說有點失禮喔！』

咲良笑了，開心地大笑著。這樣的她，在我眼中充滿魅力。

咲良好像覺得這件事很有趣，一直笑，笑個不停。

看到咲良的笑容，起初我也很高興，漸漸地卻感到不太舒服，就像冬天乾燥的天氣。

22. 苦中帶甜

那天晚上，咲良在我家過夜。

看到她脫下大衣後，我總算放心了，還好她沒有變得太消瘦。但或許是一直待在家裡的關係，她看起來變得更白了，簡直像是透明的一樣。

咲良一看到老爸，馬上主動先說：

『我是瞞著家裡出來的。』

『這樣啊，那妳得趕快打個電話回家才行。』

『是，我知道。』

咲良點點頭，接著說出她的希望。她想參加期末考，在那之前她想留在東京，也想繼續上學。如果可以，她想搬回離學校較近的女生宿舍。

『那妳的身體狀況還好嗎？』

『大致上如您所知道的一樣，我在茅野的時候一次都沒昏倒過。原本那家醫院的醫師幫我介紹的醫院，我也都有按時去看診，基本上沒有太大的變化。雖然我媽媽想讓我轉回茅野的高中，但我想那不是非得現在不可。等我升上二年級後再轉學也不遲。』

『我明白了，我會和妳父母談談看。』

老爸撥了通電話給咲良在茅野的媽媽談了好一會兒，之後和橫濱的那須先生通了電話，好像也和老媽聊了一下。咲良只有向雙方報備自己很好，其他的事就交給老爸去溝通了。她坐在靠近電話的位置看著電視，不管老爸講了多久的電話，她臉上始終保持平靜。我想她應該在聽老爸講電話，但表情卻沒有太大的變化。

咲良的表現太反常了。

或許這是她的策略也說不定。反正她已經在東京，這是既定的事實，接下來只要交給老爸居中協調就好，到最後，大人們一定會為了配合她而做出妥善的決定。

果然，雖然後來雙方家長開了許多附屬條件，但咲良在期末考結束前的兩個星期，總算可以如願待在東京。

不過，我卻高興不太起來。即使這是咲良的策略，但她異常冷靜的態度反而讓我感到不安。

經過一番折騰後，老爸顯得筋疲力盡。我拿出瀨戶老師要我轉交的巧克力給他。

『吃點這個，補充一下體力吧！』

『這是？』

『瀨戶老師要給你的，今天是情人節啊！』

咲良翻了翻我的包包，拿出她送給我的那個綁著蝴蝶結的盒子。

『謝謝您的幫忙。』

她把盒子遞給老爸。

『啊！』

我伸出手想阻止，咲良卻假裝沒看到。

『這是我送給伯父的情人節禮物。』

原本屬於我的巧克力，現在卻落入老爸的手中。

老爸一臉得意地看著我。我說不出口要他還給我，只好壓抑著心中的不甘，強裝鎮定。

『謝謝，妳和隼一起吃吧！』

或許是因為已經拿到了瀨戶老師送的巧克力，老爸表現得很大方，他把巧克力塞回我手裡。咲良聳聳肩，沒表示任何意見。

呼～還好。比起巧克力，看到咲良恢復以往的態度更讓我放心不少。我還是比較習慣她這樣對我。咲良的巧克力，吃起來苦中帶甜。

隔天，我陪她搬回了女生宿舍。也去找了小光，再次請她幫忙照顧咲良，請她要是發覺咲良有什麼不對勁就馬上通知我。後來我們一起在宿舍樓下的餐廳吃完飯後，我就回家了。

不過，我還是不放心咲良上下學的事。想來想去，現在能拜託的人只有『他』了。我瞞著咲良，把富士找了出來，雖然直接在電話裡說也可以，但我還是覺得和富士面對面談一談比較好。

我和富士約在之前我們三個人碰面的那家站前咖啡廳。他很快就來了。

我拜託他盡量別提到咲良的病情，每天陪她上下學。

『ＯＫ啊！不過，要是咲良改變心意喜歡上我，你可別怨我喔！』

『好，我答應你。』

如果咲良真的改變心意，我再想辦法讓她回心轉意。當然，我並不是對自己有自信，只是現在我只顧得了咲良的身體。

『開玩笑的啦！』

富士笑著說，但他的笑容很快就消失了。

『以咲良的情況，她可以一直待在我們學校嗎？』

『我不知道，也許她會轉回茅野的高中也說不定。』

『她的病很嚴重嗎？』

『……詳細情形我也不是很清楚，但她看起來是挺好的。』

富士沒再追問下去。也許是不想再多問，想等咲良主動告訴他。

『那我再問一件事就好。』

『什麼事？』

『昨天是情人節，對吧？』

我猶豫著該如何回答。拿是有拿到，但後來又跑到老爸手裡了。

『嗯，我收到了。』

『是喔。唉！早知道就不問了。』

說是這麼說，富士的表情倒是很乾脆。

和富士見完面後，我去了趟女生宿舍。我打了電話給咲良後，從腳踏車停放處的側門潛入宿舍，爬上樓梯，輕輕地敲了她的房門，門馬上開了一道小縫。

『你怎麼又來了？』

『今晚我想陪在妳身邊。』

『你還真是煩人耶！』

『讓我在這兒過夜嘛！』

咲良這才拉開門讓我進去。我想，我和她就是這樣，慢慢地拉近彼此的距離。

然而，今晚卻讓我有種『最後一夜』的感覺，而且還是因為咲良回到東京才有的一夜。

我們沒做什麼特別的事。

就這麼東扯西扯地聊著天，直到天快亮了才入睡。

早上我很早就醒了，偷偷溜出宿舍去找麵包店，買了三明治和牛奶才又折回宿舍。

看著咲良吃完早餐後，我便早一步離開宿舍。

『等會兒富士會來接妳。』

離開前，我對咲良這麼說。

『雖然你沒先問過我，但這次就不跟你計較了。』

『嗯，上課要專心喔！』

『你才是吧！我在茅野可是都有認真自習的。』

一大早口氣就這麼嗆，看樣子她應該不要緊。之後就拜託你囉！我默默地在心裡對富士說，然後直接上學去。

兩個星期。

老天爺啊！請保佑咲良在東京的這兩個星期一切平安。

兩星期後，春天就要來了。一定會來。

我使出全力向前奔跑，像是要趕走早晨的冰冷空氣一樣。

23. 第八個隊員

這兩個星期之中，只要有時間，我就會去找咲良。

她就像以前一樣蠻橫，心血來潮就會故意整整我、嘲笑我、罵我，要不就用腳踹我。但是這也讓我發覺到一件事：她的這些舉動似乎不是出自於本意，感覺像是為了掩飾自己而裝出來的。

雖然我時時留意著咲良，但老實說，我並不清楚她身體的實際狀況。就拿食慾來說好了，最近我只要一閒下來，肚子就會叫著『好餓』，彷彿在抱怨我給身體的營養太少。和我同年的咲良是不是也會這樣呢？

不過，咲良在我面前倒不曾昏倒過。聽富士說，她在學校裡也都一切正常。

但是小光卻說了一件令我很在意的事。

『咲良最近變得太漂亮了。』

小光的話聽起來像是讚美，卻讓我有種不祥的預感。

『當然，第一次見到咲良的時候，我就覺得她很漂亮，但那種漂亮並沒有完全定型。該怎麼說呢？就像是今天和明天、剛剛和現在所看到的咲良，感覺都不一樣。可是現在不管什麼時候看，她都是一樣漂亮，漂亮到讓我不知道該怎麼跟她說話才好。』

沒錯，我也有這種感覺。小光完全說中了我的心聲。

最近我也發覺，咲良變美了。

但卻是種近似孤絕的美。對想永遠守護在咲良身邊的我來說，這並不是件好事。

幾天後，咲良對我說：

『我想看隼參加手球比賽。』

『現在不是球季，在春天之前沒有公開比賽，最近也沒有排任何練習賽。』

『那我去找富士和你們比一場。』

目前，我們和富士那隊的戰績是一勝一敗。

『可以是可以，但妳不是沒興趣嗎？所以之前才沒來看。』

『那次我是因為有事才沒去。』

『好吧！時間確定了以後，妳告訴我，我再跟瀨戶老師說。』

我沒理由拒絕咲良，我想社團的成員們應該也會同意。可以比賽是件好事，況且還是在體育館裡比。上次是因為少了朝風同學才會輸，現在朝風同學已經歸隊了，他一定可以充分發揮守門員的作用。

沒多久，富士就和我聯絡了，比賽定在他們學校考完期末考的隔天。我們學校更早考完期末考，所以多出一些練習的時間。得到瀨戶老師的許可後，我向社團的成員們報告這個消息，大家對於上次輸掉比賽的事似乎都耿耿於懷，因此練習時顯得格外起勁。但出雲卻有點遺憾，因為比賽當天瑞穗還得考試，沒辦法來。

我在心裡暗想，為了替咲良的健康祈福，這次比賽我一定要取得勝利。或許富士也是這麼想的吧！

一旦做了某個決定，時間就過得很快。越接近咲良考完期末考的日子，對我來說也是她將要回茅野的日子。所剩不多的寶貴時間，就像沙漏般快速地流逝。

終於到了比賽當天。

今天是關鍵的第三場比賽，場中央附近擺了一張為咲良準備的椅子。在富士的引導下，咲良坐了下來，這排場簡直像是為了女王陛下開打的比賽一樣。不過，就連不知情的出雲也很反常地保持安靜，而且還一副很緊張的模樣。

因為咲良太美了。

『我越來越有幹勁了。』

出雲的話也代表了所有人的心情。

『真是場特別的比賽。』

朝風同學輕聲地對我說。我強忍著身體的顫抖，緩緩地點了點頭。

『也許，我就是為了今天這一刻才開始打手球的。』

『一切的開頭，都是因為咲良，對吧？』

還記得初次見面就挨了咲良一拳，還被她取了『窩囊廢』這個綽號。我把對咲良的怒氣發洩在手球上，往朝風同學奮力一丟，就這麼丟出我和手球的機緣。

『這或許是咲良看的最後一場比賽了。』

我還是忍不住說了。朝風同學沒有多問，只是拍了拍我的肩膀，說：

『那我們今天一定得贏囉！』

朝風同學的語氣非常堅定。

『今天我們非贏不可。』

我的身體不再顫抖。

比賽開始了。

上半場，出雲表現得超優，靠著速攻不斷得分。正當他被對方緊迫盯人的時候，把球傳給了我。趁著富士還沒反應過來之前，我立刻射門，得分！

我悄悄瞥了一眼咲良。她在鼓掌——是我眼花嗎？我又重新看了一次。這次咲良對我做了個勝利姿勢。

咲良在幫我加油！看來，我是真的非贏不可了。

和受傷之前相比，朝風同學的防守絲毫未變。以手球的狀況而言，守門員是相當吃重的位置，特別是遇到一對一的場面，守門員就成了左右得分的關鍵。朝風同學非但沒有出現半個失誤，還逆轉了好幾次危急的情勢。

看到我們扭轉局面，咲良也為我們拍手叫好。

『咲良到底是哪一邊的啊？』

富士忍不住向咲良抗議，但她裝做沒聽見。

心浮氣躁的富士開始亂了步調，拿到球就往朝風同學一陣亂投。

出雲和我持續射門得分。

射門時，我沒有做太多假動作。因為我已經看出對方守門員的防守，也許是上次代替朝風同學上場的經驗產生了作用，又或者是咲良的加油，讓我的第六感醒了過來。

對方的守門員擺好架勢等著我，但我知道他差不多要放棄了。好～這次瞄準他手臂和雙腳間的縫隙丟出去。我要讓球平穩地飛過去。

我將身子前傾，朝球門使出全力丟出球。這不是我思考後的動作，而是身體自然的反應，不偏不倚，非常順暢，比練習時還要順。

丟出的球力道強勁，破壞力十足，對方守門員看到這一球，嚇得臉都變形了。本來瀨戶老師就是看中我的投球力道，才同意讓我中途加入手球社，但我也曾經為了控球煩惱了好一陣子。不過現在看來，蠻力有時候也是可以戰勝一切的。

想不到，我也辦得到。就像是肌肉發達的選手才丟得出來的球。

嗯，幹得好！

出雲吹了個很爛的口哨表示讚賞，咲良也忘了拍手，擦擦雙眼，一副不敢置信的模樣。我偷偷摸了摸胸口，說不定此刻我的胸肌正在跳動。事實證明是我想太多了，因為一摸就摸到了肋骨，不過已經不像之前那麼明顯了。雖然我好一陣子沒量體重了，但我想一定有增加。我告訴自己，下一球也要丟得那麼用力。

上半場幾乎是我們在得分。

比數10比6。

這算是挺大的差距。

中場休息時，我離開隊友走向咲良。假如是以前的我，肯定會因為在意大家的眼光而不敢走過去。但一想到這可能是最後一次，就沒什麼好猶豫的了。

『你狀況不錯嘛！』

『因為咲良在看啊！謝謝妳幫我加油。』

『我只是覺得要選一邊加油，看比賽才會有趣。』

咲良真是嘴硬，怎樣都不肯明說她希望我贏。

『既然如此，下半場就幫我們加油吧！不然很不公平耶！』

耳邊傳來抱怨的聲音，是富士。

『不公平？』

『足球比賽也是一樣啊！觀眾等於是第十二個球員，況且這場比賽的觀眾就只有妳一個。上半場妳已經是隼他們那隊的第八個球員，害我們上次明明贏了，這次卻打得那麼辛苦。』

『上次是因為少了朝風同學，你們才會贏的。』

富士充耳不聞，擺明了就是要咲良幫他們加油的樣子。算了，想到他每天送咲良上下學，沒有功勞也有苦勞。

『怎麼樣？咲良。拜託妳啦！』

咲良想了一會兒，點點頭表示同意。

『好吧！好歹是自己學校的隊伍，而且平常我也給富士添了不少麻煩，雖然幫不上什麼忙，但下半場我會幫你們加油的。』

『這下子，誰會贏就不知道囉！』

富士擺出誇張的姿勢，像是找到了多厲害的幫手一樣。我忍不住笑了出來，咲良也跟著笑了。

不過，現在可不是該笑的時候。

得到咲良的加油而起死回生的富士，連帶影響了他們那隊的士氣。富士射門得分。他馬上看向咲良，就像隻向主人要求獎賞的小狗。受不了他的熱切眼神，咲良拍了拍手。就這麼一來一往，咲良也開始認真地替富士他們那隊加油，甚至還喊了選手的名字。

我和出雲仍舊持續射門，朝風同學的防守也很牢固。儘管如此，分數的差距卻越變越小。

比賽快接近尾聲時，我們兩隊已經變成同分了。

朝風同學本來想利用長傳進行速攻，卻被富士他們看了出來，立刻加強球門的防守。在無計可施的情況下，我們只好不斷傳球，等待對方出現空隙。球傳到我手上，出雲立刻對我使了個眼色。我先做了個假動作，接著把球傳到出雲打算移動的位置。

對方也緊追不放。出雲拿到球後正準備射門時，卻被對方團團包圍。他只好放棄射門，重新尋找傳球的對象。我走到離球門有點距離的地方，球傳了過來，我一接住球馬上向前跑，只見富士已經擺好姿勢擋在前方。不管了！我繼續向前衝。

『隼！』

耳邊傳來咲良的叫聲。放心！我一定會贏，因為我用勝利賭上了咲良的健康。

左肩被撞了一大下。我把富士撞開了。我重新調整好步伐，準備射門。對方的守門員急忙防守。我將身子前傾、跳躍，雙眼瞪著守門員，使出全力，右手用力一扔——給我滾開！這球我一定要射進。非進不可！

只見守門員下意識地別過頭。球掠過他的臉頰，進入球門。

成功了！雖然時間有點拖延，比賽宣告結束。

19比18，我們贏了。

我回頭看著咲良。她已經從椅子上站起來了，雙手緊緊地握在胸前。

雖然知道這樣對出雲和大家很不好意思，但我還是忍不住跑向她。這一刻，我只想和咲良分享勝利的喜悅。

『我贏囉！』

『這場比賽真精彩。』

咲良稱讚了我。

『在妳面前當然要好好表現。』

『嗯，我……』

咲良不再出聲。

她的眼神看起來很迷濛，臉色變得慘白，擺動著那一頭長髮，整個人癱軟了下來。

我連忙用手撐住咲良，抱著她。
咲良把整個身體靠在我身上，我卻感受不到她的重量。

24. 非常遙遠的未來

『真好吃。』

透過熱湯散發的霧氣，我看見咲良露出笑容。

我用馬鈴薯、胡蘿蔔、洋蔥、花椰菜和牛腱燉了一道湯。雖然這算不上是一道菜，但對身體來說還算是有營養。

我眨了眨泛著淚光的雙眼。咲良的讚美讓我很高興；高興之餘，卻又感到悲傷。

『你怎麼啦？』

『現在好像才覺得洋蔥很嗆。』

『是喔～你也太遲鈍了吧！』

咲良隨口應道，接著把馬鈴薯放進口中。

『好暖和。』

這是咲良在東京的最後一頓晚餐，我想讓她得到營養。

比賽後，咲良出現輕微貧血的現象，不過她很快就恢復了意識，所以沒去醫院。

富士很擔心，朝風同學和出雲也主動表示關心。瀨戶老師叫我要聯絡老爸，但是咲良只說了句『我走了』，便自顧自地離開。我趕緊拋下一切，追了上去，還穿著球衣就陪咲良回到宿舍。

之後我又去了趟超市，買了些菜回宿舍做晚餐給咲良吃。她只是一直呆望著窗外略顯蕭瑟的景色。

雖然她嘴裡說著好吃，卻沒吃幾口。鍋裡的燉湯還剩下一半左右。

我沏了杯香草茶給咲良。

『咲良，跟我說實話好嗎？』

『什麼？』

『妳的身體到底怎麼樣？』

『剛剛昏倒了。誰教比賽那麼刺激，害我太興奮了。我待在茅野的時候一直窩在家裡，每天都過得超無聊。』

話一說完，她的雙眼直盯著裝了香草茶的杯子看。

『回東京後妳昏倒過幾次？』

『沒有。』

我直視著咲良。她一臉無奈地放下杯子看向我，說：

『我在小光和富士面前一次都沒昏倒過，我還控制得了自己的身體。只不過待在房間的時候，或許是卸下心防的關係，有幾次覺得頭暈暈的。』

『在茅野的時候呢？』

『也有過，要是覺得不舒服，我就把自己關在房間裡。反正我一定要回到東京。隼都能升上二年級，我卻不行，想到這我就覺得很不甘心。』

頓時氣氛變得凝重。算了，反正咲良明天就要回茅野了，繼續追問下去也於事無補。不過，剛剛咲良說的事還是得叫老爸告訴她爸媽才行。

『期末考還順利嗎？』

『當然，我都會自習。我成績可是很優秀的。』

『是是是，妳和我就是不一樣。』

『知道就好。』

『這樣妳一定可以順利升上二年級的。』

咲良把杯子裡的香草茶一飲而盡。

『……那很難說。』

考試參加了，出席天數也在限制範圍內，但是咲良卻一副沒有把握的樣子。

當晚，我留在她房裡過夜。

半夜，我從淺睡中醒來，看到睡在旁邊的咲良，背不時地抖動著。她用被子蓋住臉，壓低聲音哭泣著。

此刻咲良就在我身邊。

但我卻有種她可能會離我遠去的感覺。

我渴望著咲良的體溫。

我伸出手，緊緊抱住她背對著我的身體。咲良，妳哪裡都不要去。

『隼，我好怕。』

咲良的聲音細到幾乎聽不見，我更用力地抱緊她。

咲良，我也好怕。或許我的害怕只有妳的幾萬分之一，可是只要一不小心，我覺得自己就會像從失去重力的地球掉入宇宙的盡頭。

終於天亮了，我不知道自己究竟睡了多久。咲良的眼皮有點腫。我們都刻意不提昨晚的事。

我把昨天剩下的燉湯重新加熱當成早餐，和咲良兩人默默地喝著湯。

『我送妳回茅野。』

『嗯。』

咲良打了通電話回茅野的家，我也和老爸通了電話。

早上的氣溫很低，我們穿上冰冷的鞋子前往新宿。電車裡擠滿了人，我站在咲良面前保護著她，突然覺得她變矮了。不，不是她變矮，是我長高了，拉著電車吊環的手肘已經很彎了。咲良抓住我的大衣下襬，每當電車劇烈搖晃時，她的力道也跟著加強。

到了新宿，咲良說她想去一下家電量販店。

『妳要買什麼？』

『別問那麼多，陪我去就是了。』

既然她這麼說，我也只好乖乖照做。我們的相處模式一直都是這樣，唯一不同的是我的心情。以前的我是咲良的隨從，現在的我是她的護衛。

咲良上樓，進入鐘錶賣場。

她看了看展示櫥窗，也不問我的意見就把店員找來。

『請給我這個。』

『您要買這對對錶嗎？要不要順便調一下錶帶？』

『好，麻煩你。』

咲良很快就決定了要買的東西，我絲毫沒有插話的餘地。櫥窗裡有很多高價商品，咲良選的手錶雖然稍微便宜，不過對高中生來說還是挺貴的。把老爸給我的聖誕紅包和壓歲錢加起來才剛好買得起。

『如果其中一只是給我的，那錢我自己付。』

『少廢話，錢的事我自己看著辦。』

後來店員幫我們調整了手錶的錶帶長度。咲良的手腕又白又細。

我們直接戴著手錶離開那家店。

之後，我們又在百貨公司的地下街買了兩塊金色蒙布朗，接著回到新宿車站，搭上SUPER AZUSA。雖然這班列車我已經搭過好幾次，但和咲良一起搭還是第一次。

戴著錶的左手有點癢。

列車慢慢駛離新宿車站。咲良看了看她的手錶，說：

『發車時間還真準時。』

咲良把我的左手拉過去和她的左手比了比。

『時間應該一樣吧！』

『是啊，一樣。這也才剛買而已嘛！』

『一樣就好。』

咲良滿意地點點頭。我接著問道：

『妳為什麼要買手錶？而且連我的也買了。』

坐在靠窗位置的咲良看著窗外新宿的高樓大廈，回答我說：

『這樣的話，就算以後見不到面，只要看到手錶，我們就會想起對方。』
雖然她的口氣有些生硬，卻讓我感動莫名。
『是喔！可是妳怎麼有那麼多錢？』
『你還記得去年和富士他們比了第二場比賽的事嗎？』
『嗯。那天朝風同學出車禍，由我暫代守門員，結果輸了。』
『那天我不是沒去嗎？』
『嗯，富士約了妳，妳卻沒來。』
這時咲良才把頭轉過來。窗外已經看不到任何高樓大廈了。
『那天我去打工了，代替小光到餐廳打工。之前我也幫她代過幾次班。本來我一直打算找份正式的打工，就算薪水不多，好歹也能貼補一下生活費。因為我的任性給爸媽和周遭的人添了不少麻煩，我心裡也很過意不去。』
『我都不知道妳在打工。』
『打工賺的錢，加上今年過年老家的親戚們可能是可憐我，給了我很多壓歲錢。那麼多錢以後也用不上了。』
『這是很重要的錢耶！』
我摸了摸手上的錶，秒針正有規律地移動著。

『反正這些錢也沒辦法帶到那個世界。』
『真是的，別開這種玩笑。』
『我不是在開玩笑。』
『咲良，我要生氣囉！』
我忍不住加重了語氣。
『該生氣的是我才對吧！想到以後，我比你更想生氣。』
咲良咬著唇。我試著想緩和氣氛，卻不知道該說些什麼，真沒用。我也跟著咬了咬下唇。
『來吃金色蒙布朗吧！』
咲良主動打破沉默。我懷著歉意配合她。
『這是隼心中的幸福象徵，對吧？』
『算是啦！不過那也快變成以前的事了。現在老媽有了她的幸福，老爸也找到了他的幸福。』
『你是說瀨戶老師嗎？』
『嗯。我應該也會找到我的幸福。不過，如果是和咲良一起吃金色蒙布朗，那就是我的幸福。』

『那我要吃掉你的幸福。』

咲良打開紙盒，拿出金色蒙布朗塞進嘴裡。

『真好吃。』

她嘴巴雖然這麼說，但只吃了一半。我默默地吃掉剩下的那一半。

SUPER AZUSA比預定時間晚五分鐘抵達飄著細雪的茅野車站，我們避開擁擠的人潮下了車。深灰色的天空下，白雪覆蓋著的八岳山顯得一片朦朧，而咲良的雙眼似乎帶著深深的憂鬱。

通過剪票口後，我們在長椅上坐下。咲良拿著手機發了好一會兒的呆。

『妳不打電話回家，告訴家裡的人妳到了嗎？』

『要啊……』

咲良像是下了什麼決定一樣點點頭，拿起手機貼近耳朵。

『喂，是媽媽？那個……我決定明天再回來。』

說完這句話，咲良便掛斷了電話，並將手機關機。

『隼，你也把手機關機。』

『喂！可是……』

這時我的手機響了，我從口袋裡取出手機，咲良一把搶了過去。

『走吧！』

『去哪？』

『走就是了。』

咲良握住我的手臂，從長椅上站起來。雖然心中感到猶豫，但我也只好照做了。走出車站，咲良往公車站走去。

她要去蓼科湖。

即使我是個窩囊廢，直覺還是很敏銳的。

我的直覺告訴我，那個時候快到了。

這樣真的好嗎？咲良是個病人。這樣亂跑，如果發生了什麼事怎麼辦？仔細想想，我能為咲良做的事少之又少。如果可以，我想多陪在她旁邊，讓她做她喜歡的事。就這樣吧！

沒錯，春天一定會來。我這樣告訴自己，像脫下大衣般甩開心中的迷惑，和咲良一起坐上公車。

25. 湖邊的求婚

蓼科湖的湖面結著冰，就和那天一樣。

店家拉下了鐵門，四周沒有半點人影。雖然已經是三月了，這座位處半山腰的湖仍找不到任何春天的蹤影。

腳踩著雪，留下足跡。

『好懷念喔！明明去年才來過，卻好像已經隔了好久。』

『那時我很幼稚，對吧？』

『你是指把我叫到這裡的事嗎？』

那天，咲良因為她媽媽不讓她到東京唸書，一氣之下就離家出走來到這兒，然後還命令我到這裡和她會合。

『那也是其中之一。那時的我還不明白死亡是怎麼一回事。』

『就是說啊，還傳簡訊跟我說妳要自殺，真是嚇死我了。』

『所以我現在受到懲罰啦！』

『……』

我知道咲良是在說她的病。

『我對你做了很過分的事。』

『別這麼說，這樣一點也不像妳。』

咲良撿起地上的小石頭投向湖面。湖面上的結冰還很厚，小石頭擊出碰撞聲後，在湖面上滑行。

『是啊！一點都不像我，但我也沒辦法。自從知道生病後，我一直假裝堅強。不過我快撐不住了。』

『拜託妳別這樣。咲良要保持原來的模樣才好。』

這是我的真心話。雖然被咲良扁、被咲良踢真的很痛，但就是那股疼痛感讓我有了繼續往前的動力。

『你也改變了不少呢！』

『我？』

『雖然很不想承認，但是你真的變堅強了。』

『有嗎？』

『嗯。』

我張著嘴卻不知道如何接話，結果吸了不少山中的冷空氣，肺變得好痛。

我直直盯著咲良看。如果可以，真希望她說：『騙你的啦！』露出那討厭的表情。要不，邊說：『少自以為了不起了！』邊踢我一腳也行，然後發出『啊哈哈』的爽朗笑聲。

但咲良也只是默默地看著我。她那雙烏黑的大眼睛泛著透亮的光芒，打從第一次見到她，我就被那雙眼睛深深吸引。突然間，我感到呼吸困難，趕緊閉上嘴。

『你也已經……』

夠了，我不想聽。我知道咲良想說什麼，但我現在不想聽。那句話我要等到咲良恢復成原來的她，我才要聽。現在我一個字都不想聽。

『我還是個窩囊廢！』

為了蓋掉咲良的聲音，我放聲大叫。雖然我的聲音還沒大到在山裡產生回音，卻在我的心裡不斷迴響著。

咲良露出微笑，那微笑就像湖面上的冰一樣透明。

『隼真的太善良了，你以後的人生會吃很多苦喔！』

『妳陪我一起吃苦不就好了。』

『這是什麼意思？你在向我求婚啊？』

被咲良這麼一說，我凍僵的臉頰迅速熱了起來。

『沒、沒有啦！只是突然閃過這個念頭。』

求婚——如果有那麼一天就好了。雖然現在腦筋一片混亂，但我也開始想像起那麼一天。

『你要求婚也可以啊！』

『啥？』

我沒有幻聽，因為咲良很認真地看著我。

『要是你真的喜歡我，那就跟我求婚吧！』

此刻我腦中一片空白，就像眼前一片雪白的景色。剛剛我只是很直接地把心情說出口，現在突然要我求婚，我還真不知道該說些什麼，況且我本來就是個嘴笨的人。

不過，咲良想聽我說。

我抓起一團腳邊的雪往臉上抹了抹，試圖讓自己恢復鎮定，給自己打打氣。

我重新望著咲良，聚精會神地看著她那平常總是封閉著、充其量只打開一半的內心。

好美，真的好美，教我如何不愛她？除了咲良，我誰都不要。老套卻真實的感情熱切地撼動著我。

滿腔的感情化作言語宣洩而出。

『咲良，我喜歡妳。我想打從我們第一次見面，我就被妳吸引了。隨著相處的時間慢慢增加，我發現自己已經喜歡上妳，妳的出現改變了我的人生，希望妳一直待在我身邊。將來請妳和我結婚。』

一口氣說完這一長串話，我等著咲良的回覆。

咲良緩緩地張開嘴，說：

『我也喜歡你。聽你這麼說，我很高興。』

她悄悄地伸出手，用冰冷的手掌握住我的手。我彎下身子，把臉湊向咲良，吻住她的唇。

真希望世界凍結在這一瞬間。我不需要未來，希望時間就一直停留在這一刻。

幾萬年後當人們在冰層裡發現我們，就是現在這副模樣。

但時間卻無情地流逝，我們手上的錶持續地走著，這一瞬間的吻也結束了。

『不過……』

咲良的唇伴隨著聲音，吐出一絲微弱的氣息。

『我不能和你結婚，對不起。』

好無奈的一句話，我的胸口就像是被一頭長毛象踩過。

『就算不能結婚，我永遠只喜歡咲良一個人。』

『就算我不在你身邊？』

『無論妳在哪都不會變。』

『你不會忘了我？』

『怎麼忘得了？我們之間有那麼多的回憶，想忘也忘不掉。』

強忍著淚水，結果卻流了鼻水。現在的我，看起來一定很拙，不過只要能和咲良在一起，再拙也無所謂。我又抓了把腳邊的雪，代替面紙將鼻水擤去。咲良笑了笑，學我做了同樣的動作。咲良的眼裡也泛著淚。

『好冷喔，我們走吧！』

我和咲良一起離開湖畔。雖然我們什麼都沒說，卻已經做好決定，踩著積雪的道路，前往以前住過的那家旅館。

旅館今天沒什麼客人，我們很快就訂好房間。

趁著咲良沖澡的時後，我打了通電話給老爸。我沒告訴他我在哪裡，老爸也沒多問。猶豫了一下，在掛斷電話前，我還是告訴了老爸。

『老爸，咲良的情況可能比我們想的還嚴重。』

『振作點，你要好好陪在她身邊。』

『嗯，明天我一定會送她回家。』

咲良沖完澡後，接著換我。身體接觸到熱水，心情也跟著重新調適。

後來我們到餐廳用餐，但咲良卻沒什麼食慾。

回到房間，時間還早，我們各自躺在床上，有一搭沒一搭地聊著天，後來我就睡著了。看來，我比自己想像中的來得累。

半夜，我醒了。

睜開眼，咲良卻躺在我身旁，她身體熱熱的，似乎有些發燒。我戰戰兢兢地抱住她，咲良也緊緊地回抱我。我的身體感受到她柔軟的觸感。

『我是不是會死？』

咲良那微弱的聲音像是山上颳起的風，讓我的心微微顫抖。

『別說這種沒出息的話。』

『我知道。但我覺得自己好像正在失去什麼，一個很重要的東西。』

我摸了摸咲良的長髮，用手撫著她的臉頰。她的臉頰濕濕的。

『我還不想死。到東京獨自生活後，我總算可以認真思考關於自己的未來，我好不容易慢慢摸索出自己想做的事、想過的生活是什麼。』

『那妳就要好好活下去，妳的病總有一天一定會好。』

『白天的時候我也都是這麼想。可是到了晚上，我就覺得自己再過不久就要死了。每天晚上都是這樣，情況越來越嚴重。』

『睡吧！我會陪著妳。』

『我睡不著。隼，救救我！我不想死。』

咲良更用力地抱緊我，我也用力地抱緊她。她的身體比以前更瘦、更小了。抱著她溫熱的小小身軀，我同時感受到她的生命竟是如此脆弱、不堪一擊。

咲良，妳一定要活下去。

我邊在心裡吶喊邊拍撫著咲良的背，像是要把生命注入她的身體。

26. 在雪地上划著船

早上起床後，咲良臉上已找不到任何昨夜的痕跡，就像打掃後換過空氣的房間一樣，一臉神清氣爽。

看來，我還是多少有點用處。不過，我知道這只是一時的，咲良的病並不會因此就好了。過了今天，她的心裡仍舊是充滿不安與焦躁，而我卻什麼都無法為她做。送她回家後，接下來我能做的就是繼續想著她，等待好消息的出現。

咲良正在梳洗準備退房，我呆呆地望著她的側臉。光是看著她，我的心裡就有如燒著木材的暖爐，劈里啪啦地作響。

『不要這樣盯著我看啦！』

我趕緊挺直腰，將視線移向前方，同時她也快速動了動腳，給我一記飛踢。我的膝蓋立刻折了一下，雖然痛，我卻覺得很高興。

『被踢了還笑，不准笑。』

咲良又擺出要踢人的姿勢，不過只是做做樣子，她的表情有些害羞。

『沒辦法，我就是忍不住想笑嘛！』

『你白癡啊！』

咲良悄悄移開視線，看了看手錶。

『現在幾點幾分？』

『妳不是在看手錶嗎？』

『我想和你的手錶對對看時間有沒有一樣。』

我看了看手錶，差不多快到退房的時間了。

『給我看。』

咲良似乎不怎麼信任我，將我的手一把抓去，盯著手錶上的數字猛瞧。

『差了八秒。』

咲良語帶抱怨地嘟囔著，原來她的錶快了八秒。她拿下手錶，拉起調整鈕讓時間暫停，等了八秒才又壓下調整鈕。

『好了。』

『只差了幾秒，幹嘛那麼計較？又不是要去搶銀行。』

『要不要試試看？』

『搶便利商店的話可以考慮看看。』

『膽小鬼。』

別說是搶銀行了，我就連故意賴掉旅館的錢都不敢。我拿出老爸給的車資到櫃檯結帳。

走出旅館，外頭是一片雪白的世界，湛藍的天空彷彿綿延至宇宙的那一頭。反射在雪地上的陽光照在咲良身上，讓她看起來好可愛，就像背上長了對透明的翅膀，即將飛向天際。

看了看公車站的時刻表，距離我們要搭的公車還有三十三分鐘。

既然還有時間，我們便到湖畔走走。

沒想到有艘小船被擱在雪地裡，昨天我竟然沒發現。這艘破舊的小船也許是船底破了洞才被丟在這兒。我們把蓋住船的雪拍掉後，面對面坐了進去。

『這麼說來，我還沒實現和妳一起去划船的約定。』

環顧四周遍尋不著船槳，我乾脆將雙手向前伸出，微微握拳，像是握著船槳般做起划船的動作。

『就先用這個代替吧！』

『這船是在雪上，又不是在湖裡。』

『哎喲～妳就想像一下嘛！』

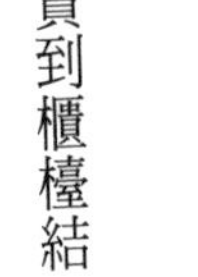

我彎了彎身子，用力握緊看不見的船槳。結了冰的湖面上，有幾隻野鴨邊叫邊飛過我們頭上。

船依舊在原地。

雖然如此，我卻覺得船在雪地上滑動。眼前的銀白色世界搖晃著，咲良也跟著搖晃著。

頓時，我感到船好像離開了雪地，飄向天空。當然，這只是我的錯覺。明知是錯覺，我還是望著天空，擺動著那看不見的船槳。真希望我和咲良可以就這樣飛走，飛到一個很遠的地方，一個只有我們兩個人的地方。

突然間，我想起一件事。

『對了，妳學校附近的公園不是有個划船場？那裡關掉了。』

『關掉？不是像這裡一樣只是暫時歇業嗎？』

『嗯，我看到停止營業的牌子。』

『難道是因為那個情侶到那裡划船就會分手的傳說嗎？』

『那是另一個公園啦！』

『是喔！所以就算我們分手了，也無法證明傳說是真的囉？』

『妳在胡說什麼啊！』

我停下手中划槳的動作，船開始急速下降。

『啊，糟了！』

我連忙握回看不見的船槳，用力地擺動雙手。

『噗～你這個傻瓜。』

『我可是為了妳划的耶！』

『是啊！在陸地上划。』

咲良的話，把我想像中的船拉回現實的雪地上。

我不再做出划槳的動作，這艘破船根本無法帶我們到任何地方。

『差不多該去搭公車了。』

『還有六分鐘啊！』

看到咲良一副想離開的模樣，我看了看手錶。

『嗯，還有六分鐘。』

走到公車站的路上，我們倆手牽著手。我踩著步伐，心裡想著我和咲良絕對不會分手，那個傳說和我們沒有關係。

公車晚了兩分鐘才帶著柴油味來到。

上車後，我們走到最後一排的位置坐下，握著的手並未放開。公車裡開著暖氣。

引擎的震動讓窗外的景色不停晃動。咲良把頭靠在我的肩上。

公車緩緩地開著，順著山路慢慢向下。

行經較大的迴轉處時，咲良的手緊緊握住我，我也回握住她。像這樣細微的小動作對我來說卻非常重要。

放心吧！有我在。無論相隔多遠，我都會在。

我感到耳內有些嗡嗡作響，吞了吞口水，引擎的聲音變得更加清楚。這個動作讓咲良把頭離開我的肩膀，望向窗外。

『隼，你就直接坐到車站吧！我等會兒自己下車。』

『我送妳到家。』

『你又不是不知道，我家離公車站很近。』

嗯，是很近。我點了點頭。

『可是昨天我沒送妳回家，讓妳家裡的人擔心，我得去道個歉。』

『我要自己回家。』

咲良的語氣堅定，不讓我有反駁的機會。

公車開到了市區。

『和隼在一起真的很開心。』

『那妳要好好休息，我會再來看妳的。』

『好，我知道了。』

咲良的雙眼似乎泛著淚光，大大的黑眼珠歪斜地映照出我的臉。

公車停了。

我起身陪著咲良走到車門前。

目送著她下車的背影。

咲良回過頭舉起手，嘴裡說著：

『窩囊廢，再見。』

看到她無奈的笑容，來不及反應的我還沒說半個字，車門就關上了。

引擎再度發動，咲良被拋在車後。

我連忙跑回最後一排的位置，慌張地擦拭因污垢和水蒸氣而起霧的玻璃窗，並且擦了擦臉。

咲良那揮著手的身影變得越來越小。

公車的排煙管冒出黑煙，行駛速度加快。

咲良，妳剛剛那句話是什麼意思？雖然我很高興聽到妳叫我窩囊廢，但妳的語氣應該更粗暴啊！還有，幹嘛說『再見』？這一點也不像妳。而且妳為什麼要微笑？

這一刻，我感到心中有股黑暗的不安正在擴大，像是不小心吸了一大口廢氣，有種作嘔的感覺。車裡明明開著暖氣，我卻不停地發抖。

等到咲良的身影完全消失在雪白的街景裡，我急忙拿出手機開機。明知道在公車上講電話很不禮貌，但我現在非做不可。我立刻撥了通電話到咲良家，是銀河接的。

『咲良剛剛在公車站下車了。』

『我馬上去接她。』

掛斷電話，我才重新調整坐姿。銀河果斷的反應讓我稍微鬆了口氣。

但是，咲良的那句話卻不斷在我耳邊響起。窩囊廢，再見。

身體就是被什麼貫穿了一樣，心臟好痛好痛。

我蜷起身子，把手放在胸前，慢慢地深呼吸。

為了以防萬一，我也試著打了咲良的手機，但她好像還沒開機，電話接不通。我緊握著手機，心想要不要在下一站下車，折回去找咲良，最後還是放棄了。

公車抵達車站前，我的手機都沒有響過。咲良應該已經平安回到家了。於是我又打了通電話到她家，這次又是銀河接的。

『怎麼又是你啊！』

『咲良呢？』

『她說很累，回房休息了。』

『這樣啊！那就好。』

我心中的大石頭總算落下，口中也隨著吐出一團白霧。

『好什麼好？你知道我們有多擔心她嗎？』

銀河的語氣超越了憤怒，變得很冷淡。

『對不起。』

我試圖安撫銀河的情緒，卻被他掛斷了電話。

看來他真的很火大，我被罵也是應該的。

雖然是咲良做的決定，但我的配合實在也很不負責任。不過，我不認為自己做錯了。今天對我和咲良來說都是無可取代的一天。

現在我最擔心的還是咲良。才剛分開沒多久，我就好想她，好想看一眼她的睡臉。

我硬拖著想前往公車站的雙腳，走進車站的候車室。

再見。

咲良告別時的笑臉變得異常鮮明。

明明是才發生沒多久的事，我卻覺得已經過了好久。

耐不住身體的寒冷，我到候車室一角要站著吃的蕎麥麵店點了碗麵。和著熱氣吞下

麵條，雖然食不知味，卻感到無比溫暖，連湯汁也喝得一滴不剩。下定決心後，我買了一張回東京的車票。

27. 在空中划著船的咲良

十天後，東京已顯得春意盎然。

那天分開後，咲良完全斷了音訊。不過，老爸還是有和她的家人保持聯絡，聽老爸說她的身體並無異狀。我一直嘗試打咲良的手機，卻都接不通。

沒消息，就是好消息。

我這樣告訴自己。

第三學期的結業式結束後，學校便開始放春假。

我打算專心練手球。等到四月，我就升上二年級，沒多久就是東京都大賽了。

這是朝高中校際聯賽（Inter-high）前進的第一步。

自從上次在咲良面前和富士比了那場比賽後，我心裡覺得舒坦多了，總覺得射門比以前順手許多。朝風同學也說我投球的力道變重了，出雲則說我的控球力變好，所以射門時只要用點力就會讓對方亂了手腳。而瀨戶老師只淡淡地說，我的體力變好、身體學會取得平衡，但技術並沒怎麼進步。

我想他們說得都對。

總之，現在的我覺得打手球讓我很快樂，這就夠了。

那一天，早上要到手球社練球。天氣很好，晴空萬里，從陽台似乎就能看到富士山。快接近中午的時候，我們進行了練習賽。

我仍是一貫的Post。出雲的心情好像不太好，但射起門來依舊相當精準。

下半場快結束的時候，隊友把球傳給我。

Lucky！眼前除了守門員，沒有半個人防守。

我一鼓作氣衝上前，打算乘著這股氣勢閃過守門員時，對方的腳和我的腳纏在一塊兒。我想他並不是故意的，但已經做好射門準備的我，卻因此完全失去平衡。

不管了，先瞄準球門把球丟出去再說。

果然，我跌倒了。

我整個身體失去重心，背向著地倒了下去。

眼前出現一整片天空。

那似曾相識的天色，好像能看透整個宇宙。

有艘小船飛過天空，是一艘沒有船槳的破舊小船。

我仔細一看——

是咲良！她停下划槳的動作，對我揮揮手。她的手上好像閃著亮光，原來是手錶，我也有一只一樣的。

待在地面上的我忍不住朝天空伸出手。

等等我，咲良。別丟下我，不要走。

咲良默默地搖搖頭。

我頓時一驚。天空不見了，小船消失了，咲良也是，而我正倒在操場上。

短短的一瞬間，我彷彿失去知覺。回過神，只見朝風同學一臉擔心地看著我。

『隼，振作點！你有沒有撞到頭？』

『我沒事。』

我連忙起身，肩膀和背一陣疼痛。不過，我很快就忘了。比起身體的痛，我的心更感到痛苦莫名。

『咲良……』

我勉強自己站起來．其他社員都圍了過來。避開大家關心的視線，我離開了球場。

『你要不要去保健室？』

我沒有回話，只是一個勁地往前跑。

衝進更衣室，從包包裡拿出手機．正當我把手機拿在手上時，手機響了。

來電鈴聲是〈女神戰記〉，這是咲良擅自設定的她的專屬鈴聲。
難道是……
『喂～咲良？』
我對著電話大叫。
『……』
沒有回應，但是我聽到了呼氣聲，於是我再度鼓起勇氣問了一遍：
『是咲良吧？』
『……』
『妳怎麼了？好歹也說句話啊！』
我聽到擤鼻聲，接著對方說話了。
『咲良姊她……咲良姊剛剛……』
不是咲良，是銀河。他的聲音顫抖，嘶啞中帶著恐懼。一聽到銀河的聲音，我知道我的預感成真了。
手機從手裡滑落，滾到腳邊。電話那頭傳來銀河的啜泣聲，我也流下了眼淚。
心中對咲良的思念化做滾滾洪流衝破心門，我鬆開緊咬的嘴唇，放聲大叫：
『哇啊啊啊啊！』

我藉著怒吼宣洩內心那難以言喻的感情，邊叫邊衝出更衣室，正好迎面撞上來看我的出雲，但我已經顧不了那麼多了。

橫衝直撞的我就像隻亂竄的野獸奔向操場。

我朝著聚集在球場角落的大家撞了過去，從其中一人手中搶過手球，跑到球門前用力射門。球一彈回來，馬上撿起來再次射門，就這樣，一邊大哭一邊重複相同的動作。

不知道重複到第幾次，正當我感到喘不過氣，雙手撐在地上時，有隻手放在我的肩上。回頭一看，是瀨戶老師。

『你怎麼了？』

她的語氣如往常般粗暴。也許是因為這樣，我想都沒想便脫口說出：

『咲良死了。』

『這樣啊……』

瀨戶老師緩緩地點點頭，敞開雙手。我的眼淚再度決堤，眼前一片模糊歪斜。瀨戶老師溫柔地抱住我，說：

『哭出來會舒服一點。』

我放聲大哭，抽抽噎噎地哭著。但是不管流多少淚，心中的悲傷卻絲毫未減。

28. 永遠的窩囊廢

我和老爸一起搭著SUPER AZUSA前往茅野，參加咲良的守靈和喪禮。

咲良的身體已變得冷冰冰的，儘管如此，她的表情還是帶著驕傲，讓我不禁掉下眼淚。和咲良的回憶就像尚未剪輯好的影片，在我的腦海中不斷播放、結束又播放。

後來，咲良的遺體變成了骨灰。

那天雖然很冷，卻是陽光和煦的一天。

舉辦喪禮的紀念中心背對著八岳山而建，天空中萬里無雲，相當澄澈，可是我卻怎麼也看不見咲良划的小船。

咲良真的走了，我又變回孤零零的一個人。

回到東京後，我每天都過得像遊魂一樣，用哭腫的雙眼，呆望著電視度日。看到我這樣，老爸也沒多說什麼。

幾天後，我收到一個包裹，裡頭裝著咲良的手錶和一封信。錶面的玻璃有道裂痕，手錶已經不會動了，還有張銀河匆忙寫下的紙條。

據銀河所述，咲良好像一直都沒把手錶拿下來過。那天，她說要出去散步，出了門，結果卻在家附近昏倒，手錶可能就是那時候撞上路面裂開的。

銀河本來並不想把手錶給我，但喪禮那天，他看到我也戴了一樣的手錶，最後才決定把錶讓給我。

手錶停留在咲良嚥下最後一口氣前的時間。我輕撫著手錶，像是變魔術般想把手錶修好，但我並沒有這種本事。

信是在咲良書桌的抽屜裡找到的。銀河在紙條上寫著『只有給隼』，我感受得到他心中的不甘。

咲良的親筆信？換句話說，就是遺書。

看來，她早就做好心理準備了。

看信之前，我收拾起想哭的心情，打起精神拆開那個寫著『給隼』的信封，從信封裡取出信紙。

隼，現在是晚上了。

我們家的人好像都睡了。外面正下著小雪。茅野和東京不同，每逢冬天，到了這樣的時間，根本不會有人在外走動，所以外面很安靜，只聽到遠方不斷傳來颱風的聲

音，那風聲聽起來好冷好冷。

不知道是不是因為白天沒怎麼在動的關係，回到這兒之後，晚上我經常失眠。可是醒著卻又常想到不好的事。

黑暗中，我看到有個更深的黑洞悄悄打開，不斷地呼喚我走過去。所以我都把房間的燈開著，但那個黑洞卻未因此消失，彷彿只要伸出手，我就會被吸進去。

這種時候，我就會叫你的名字。

邊叫，心裡邊想你會出現，緊緊抱住我，不讓我被黑洞吞噬。

其實，這些話真的很難以啟齒。但是我想如果不趁現在說出來，以後可能就沒機會說了。為了不留下遺憾，所以我把這些心裡話寫下來。

也許是生病的關係，最近我總覺得身體和心裡越來越虛弱。不知道這算不算是好事。你覺得呢？你希望我像以前一樣，還是比較喜歡坦率的我呢？

我猜，隼現在的表情一定很為難吧！好吧，你就慢慢思考，反正你還有很多時間。

那我呢？我還有多少時間？

如果還有，該有多好。

如果沒有……

老天爺真是太不公平了。

我好羨慕隼。也許你還沒察覺到自己是個多幸運的人。老天爺只眷顧你，卻忽視了我的存在。老天爺，祢真過分。

不過，我早就知道了。

所以才會那麼嫉妒隼，初次見面沒多久就揍了你一拳，還是很猛的一拳呢！

很痛吧？我也很痛。

『窩囊廢』也是在那時候叫的吧！

現在回頭想想，我並沒有取笑隼的意思，那是因為嫉妒。記得童話故事『醜小鴨』嗎？隼就像那隻醜小鴨一樣老是受欺負，最後卻變成了天鵝。我就是嫉妒那樣的隼，才會叫你『窩囊廢』的。

我說過，原本以為你是個帥氣的男生，見了面讓我超失望，一氣之下就揍了你。

其實，我有點在說謊。

如果不是說謊，那我後來也不會被你吸引，我們之間也不可能產生那麼多回憶。

我會一直叫你『窩囊廢』，是因為我不希望只有你一個人振翅高飛，把我留在原地。

再過不久，就要兩年了。

隼變得很強壯了，原本高瘦的身材也長了肌肉。今年春天，你的手球一定打得更棒。

我好想看看那時候的隼。

不過，應該很難吧？最近，我頭暈的情況很嚴重，食慾也變得很差，好像又瘦了。我不想讓隼看到這樣的我，所以電話也關機了，因為不想讓隼聽到我虛弱的聲音。

寫信的話應該就沒關係了。

但是我不打算把這封信寄給隼。如果可以，最好別讓你看到這封信。

隼真的很善良，一直包容任性的我。

我好想和隼永遠在一起。我想和你結婚生子，等到我們的孫子、曾孫都出生後，再離開這個人世。

我不想離開你。

我想要活下去。

我好怕。

好怕自己就這樣消失了。

對不起，我的字很亂吧！不過，我不打算重寫了。隼可以理解吧！

我哭了。

其實我很軟弱，雖然表面上總是假裝堅強。

如果隼正在看這封信，表示我已經不在了。

隼也在哭嗎？我想應該是。用力哭吧！為我盡情大哭。

可是哭累之後，一定要打起精神喔！好好活下去，連我的分一起努力活下去。

最後再讓我逞強一次吧！

隼，快點交個新女朋友。

唉！就連到了最後，我還那麼嘴硬。

告訴你吧！這世上已經找不到像我那麼棒的女孩子了。

窗外天色漸亮，雪好像停了。又是新的一天。

雖然還有很多話想說，但還是就此打住吧！

最後，有件事我一定要告訴你。

隼，我愛你。謝謝你，再見了，窩囊廢。

眼淚奪眶而出。我壓低了音量，安靜地緩緩哭著，哭到雙眼紅腫，眼淚還是止不住，就像關不緊的水龍頭滴滴答答地流著。哭到淚水都能裝成一瓶紅酒後，我才停止哭泣。

咲良是這世上最棒的人。

我不會忘記她。握緊咲良壞掉的手錶，我的手錶仍在持續走動。咲良會永遠活在我心裡。

放春假了。東京吹起微暖的風，吹散冬天的寒冷，春天真的來了。我想此刻的茅野應該也正慢慢恢復溫和的春色。

『我已經沒事了。』

許久未下廚的我，邊做晚飯邊告訴一直默默守在身邊的老爸。

隔天，我又回到手球社練球。瀨戶老師拍拍我的肩為我打氣，朝風同學和出雲也過來找我聊聊。大家都知道咲良的事了，紛紛對我表示關心。

『我已經沒事了。』

嘴裡不斷重複著這句話，像是在對自己說一樣。

新學期開始後，我就是高二生了。接下來的目標是打進高中校際聯賽，也得為自己的將來好好打算了，我的生活將變得很忙碌。但我不會忘了咲良，因為在我心中，那個高一的她永遠都在。

握緊手球，往朝風同學防守的球門扔了出去。大概是太久沒碰手球了，身體和心裡想的無法一致，向左偏的球被攔截下來，彈飛了出去。

『窩囊廢！』

隱約中聽到了咲良的聲音。

我邊笑邊點頭。

沒錯，只要咲良還在我心裡，我就是永遠的窩囊廢。即使這樣，我也無所謂。

《窩囊廢》系列

戀愛經典漫畫《新戀愛白書》作者 板橋雅弘×玉越博幸全新青春力作！

我的初戀，竟然是從被人揍了一拳開始……

窩囊廢

『像你這種人，就叫做窩囊廢！』
第一次見面，那個惡女二話不說，就先狠狠賞了我一記右勾拳！好吧，就算我除了手長腳長以外沒有其他『長處』好了，那也不能一開口就罵人是『窩囊廢』啊！雖然我看起來瘦瘦弱弱，真的沒什麼用的樣子啦……可是身為男人，我也是有自尊的！
第二次見面，提著一大袋行李離家出走的她，竟然死賴著我不走！老爸不在家，只有我和她孤男寡女的……難道這就是傳說中『飛來的豔福』?!嗯咳～老實說，能跟這樣可愛的女孩『同居』挺不賴，只不過我還沒搞懂的是……
小姐，妳到底是哪位啊?!

在一片冰天雪地中，我離家出走的『第一次』，獻給了她……

窩囊廢離家出走

這個女人！奪走我的初吻就算了，怎麼還趁我發呆的時候偷走了我的心？
我和咲良的關係，解釋起來有點複雜，總之直接跳到結論就是：她爸爸和我媽媽『現在』是夫妻。所以，我──平凡的黑木隼，和外表像天使、脾氣卻像魔鬼的美少女咲良之間，原來有著一種很奇妙的連結──就像上次分別時，我們嘴唇碰嘴唇的連結一樣奇妙。
男人和女人的關係也很奇妙。例如我作夢也想不到，我老爸竟然趁我不在的時候帶女人回家！而氣昏了頭、這輩子第一次離家出走的我居然就跳上火車，千里迢迢跑到長野去找另一個女人！
這個畫面似乎有點熟悉：夜深人靜，大大的房間裡只有我跟咲良兩個人。是的，我和咲良又單獨在飯店裡，共度了一個晚上……

《窩囊廢》系列

戀愛經典漫畫《新戀愛白書》作者 板橋雅弘×玉越博幸全新青春力作！

窩囊廢成了變態跟蹤狂？!

窩囊廢戀愛危機

搞什麼鬼啊？!隨便寄來一封信，就要叫我忘了以前發生的所有事情！……

終於畢業了！等到新學期開始，我就正式成為高中生了。咲良也是，她考上了第一志願的高中，今天就要搬來東京了。嘻嘻嘻，哈哈哈……

想像中，一切似乎都很美好，可是實際情況卻正好相反。才剛開始放假沒多久，我就接到了那個沒良心女人的來信，信上竟然寫著她要『忘記過去』——當然，她的『過去』也包括我。這簡直是青天霹靂！

先不講那兩次被她強吻的事，我們經歷了這麼多風波，現在好不容易能在一起了，結果咲良卻要甩了我！我實在很不甘心。雖然她不要我去車站接她，可是我想見她，即使看一眼也好。我躲在柱子後面，偷偷摸摸地，覺得自己籠罩在一片黑暗中……

窩囊廢的煩惱

終於升上高中了，咲良也搬到東京來了，我們的關係總算可以順利發展了，可是……怎麼事情看起來並不是如此啊？

突如其來的不明背痛讓我痛苦得要命，但狠心的咲良卻並沒有因此對我溫柔一點，還故意找來一個情敵刺激我、讓我吃味。她嘴裡說跟對方只是朋友，卻一起搭車去長野，還一同去看煙火，好像真有那麼一回事。開玩笑！我怎麼能就這樣默默退出？就算咲良對我再暴力，我也要拚了命把她搶回來！

然而屋漏偏逢連夜雨，除了遭遇情敵，我在球隊中還被隊友孤立，在家又和老爸冷戰，升上高中之後，不是應該海闊天空了嗎？怎麼會發生這麼多事？

我的高中生活看來是不可能風平浪靜了，麻煩事接二連三地來，我都快應接不暇了，沒想到最大的麻煩才正要發生——咲良竟然昏倒了！

國家圖書館出版品預行編目資料

窩囊廢不要說再見 / 板橋雅弘作；玉越博幸圖
；連雪雅譯. -- 初版. -- 臺北市：皇冠, 2009.10；
面；公分. --（皇冠叢書；第3903種 YA！025）
譯自：ウラナリ、さよなら
ISBN 978-957-33-2584-0（平裝）

861.57　　　　98016330

皇冠叢書第3903種
YA！025

窩囊廢不要說再見

ウラナリ、さよなら

URANARI, SAYONARA
©Masahiro Itabashi 2007
All rights reserved.
Original Japanese edition published by KODANSHA LTD.
Complex Chinese publishing rights arranged with KODANSHA LTD.
Complex Chinese Characters © 2009 by Crown Publishing Company Ltd., a division of Crown Culture Corporation.
本書由日本講談社授權皇冠文化出版有限公司出版繁體字中文版，版權所有，未經兩社書面同意，不得以任何方式作全面或局部翻印、仿製或轉載。

•皇冠讀樂網：
www.crown.com.tw
•皇冠讀樂部落：
crownbook.pixnet.net/blog
•YA！青春學園：
www.crown.com.tw/book/ya

作　　者—板橋雅弘
插　　畫—玉越博幸
譯　　者—連雪雅
發 行 人—平雲
出版發行—皇冠文化出版有限公司
台北市敦化北路120巷50號
電話◎02-27168888
郵撥帳號◎15261516號
皇冠出版社(香港)有限公司
香港灣仔駱克道93-107號利臨大廈1樓
電話◎2529-1778　傳真◎2527-0904
出版統籌—盧春旭
責任編輯—丁慧瑋
版權負責—莊靜君
外文編輯—蔡君平
美術設計—黃惠蘋
行銷企劃—周慧真
印　　務—陳碧瑩
校　　對—劉素芬・熊啟萍・丁慧瑋
著作完成日期—2007年
初版一刷日期—2009年10月

法律顧問—王惠光律師
有著作權・翻印必究
如有破損或裝訂錯誤，請寄回本社更換
讀者服務傳真專線◎02-27150507
電腦編號◎515025
ISBN◎978-957-33-2584-0
Printed in Taiwan
本書特價◎新台幣199元/港幣67元